《深圳文典》

倾心辑录大浪淘沙始见金的珠贝美文

展示彰显深圳城市精神和品格的大我之作

筹谋时代精神和明日华章的深圳表达

丛书主编 — 陈寅

深圳文典

无法抵达

吴亚丁 / 著

深圳报业集团出版社

总序

历史是最好的教科书，也是最佳的营养剂。

1979年7月8日，蛇口半岛开山炮响。一时间，深圳上空电闪雷鸣，密集地从天边杂沓而至。南海潮急，伶仃洋惊涛拍岸……仿佛它们要为这片沧桑且沉默的土地，强注生命活力和奔腾乐章。

"时间就是金钱，效率就是生命。"一种前所未有的标语，在数千年板结的土地炸响。观念革新不约而同成为此间人们最重要的精神呼唤与灵魂内核。

"二千里往回似梦，四十年今昔如浮。"[1] 为了探索和开辟前无古人的经济特区，丰富自己的物质和精神生活，各个时期的深圳人都作过许多贡献，留下了不可磨灭的印记。多年以后，当我们目睹以万亿为计量单位的经济生成，一个边陲小镇嬗变为对标纽约、东京、巴黎、伦敦

---

1. "二千里往回似梦，四十年今昔如浮。"出自宋代诗人范成大《送举老归庐山》，感慨时光流逝。

的中国一线都市，我们，究竟能感悟到怎样的城市能量与文化实践？

荡漾于南中国海的深圳湾，恣肆汪洋接纳了东西南北风，因为它们，最有欢欣雀跃的心灵。从特区建立伊始，四面八方的移民为这座年轻的城市带来了丰富的、充满活力的文化因子，各种文化观念在这里交互激荡。深圳经济特区所沉淀的物质和精神财富，正是每一程歇息中、每一眼回眸里、每一步征途上的巨量矿藏。

2021年，时逢中国共产党百年华诞，深圳报业集团出版社秉承主流出版机构的担当，呼应新时代的要求，踵事增华、盛意拳拳，推出"深圳文典"丛书。一曰顾盼历史，倾心辑录大浪淘沙始见金的珠贝美文；再曰铺叙当下，展示彰显深圳城市精神和品格的大我之作；三曰式瞻未来，筹谋时代精神和明日华章的深圳表达。

顾盼历史，初心如磐。深圳本土文化人和第一代移民是深圳精神的拓荒者。穷心南方以南，倾力扎根深圳，他们用精彩文字记录了经济特区艰难而雄放的创业初程。打工体验、移民历程、青春奋斗、城市生活、网络联结……凡此种种，无不缘起于比虚构更精彩的城市故事，并于多样中存在，在流动中发展，从融合中前进。蓦然回首，这片深情的土地仍然激荡着后辈心扉的筚路蓝缕之跫音。

铺叙当下，弹指芳华。编撰"深圳文典"的我们认为，人的认知是一个互相联系又互相影响的总体。知识的掌握与认知的扩充、深化，会带来社会与文明的进步。"深圳文典"将是文艺的、人文的、社科的典籍荟萃。藉此大数据时代，这套文典也将提供值得借鉴的宏观叙事方式，避免信息碎片化，重视思想与实践的关系，构建有关深圳叙事的发见和创新话语。在新世纪里，精神求索者都有一个梦想，让思想本身充满创造力、创新力。

式瞻未来，文脉不绝。根本在于一代代深圳人以典籍为媒，薪火相传；以迭代赓续的波澜壮阔的大特区为坐标，纲举目张，分则独树一帜，集则琳琅满目。与中国改革开放同频共振的深圳写作者致力于弘扬"敢为天下先"的社会与文学观念，张扬"该做就去做"的新的人文精神。

"蓬莱文章建安骨，中间小谢又清发。"[2] "深圳文典"，萌之于特区热土，立之于湾区潮头，为深圳这座年轻城市打上了无限文化魅力和巨大文化能量的烙印。深圳的文化担当意识与文化创新实践，不啻是一城一地的文化探索，更是文化强省、文化强国的深圳实践。

总有一些文字记录并抒写着时代奋进的人们，以及每个个体的理智与情感温度。深邃、灵动、悲欣、凉热……藉此打开的不仅是我们的触

---

2. "蓬莱文章建安骨，中间小谢又清发。"出自唐代诗人李白《宣州谢朓楼饯别校书叔云》，表达了豪放与自然和谐统一的境界。

感，还有我们的灵魂之窗。优秀的典籍，既是文明时代的共享记忆，也是我们与历史的精神烛照。

我们对以"深圳文典"为名记录这个既拥抱当下、又承载希望的时代怀着深深的敬意与礼赞。不管多少年以后，当我们安居此城一隅，每当我们翻阅"深圳文典"，谈论或者温习一代又一代深圳人闯与创的心路旅程，这些被时光镌刻的篇章，或许能脉动着超越城市天际线的眼界，并引人回味。

陈寅

2021年8月26日

目录
CONTENTS

上卷　　他的故事

第一章　欲望的走向

1

报社记者欧冶十分偶然地结识了一位陌生女士。那些年，欧冶总是因身世的飘零和性格的粗莽而不被人看好，在孤独和粗野的时钟滴答声响中，他放纵地长成了一个大龄废青。哈，废青！他正是这么称呼自己的。可是，正如俗语说的那样，一个人总有时来运转的时候，不过，结识那位女士不见得就是幸事。有一次，有人给他介绍对象，在聊天中谈到了家庭的状况。据说，现在有些人，主要是女人，她们找对象希望对方父母双亡，这样才没有家庭的拖累。唉，现在的人都变成这样了。不过，生活在深圳，要为两个父辈家庭保驾护航，也确实太难了。欧冶听了吓了一跳，思前想后，在担忧之外，他还感到了畏惧。真的，在过去，他从未思考过自己凄惨的身世背景有朝一日竟会成为婚姻市场的优势。这真是一个堕落的时代。

原本他想抗拒这次见面的，他想要保护自己那点儿可怜的自尊心。可当他犹豫着依约前往市民中心大广场见到那个传说中的女人时——他瞥见那个女人，在晚风中，她有些羸弱，又有些莫名的高傲，尤其是她那丰厚的嘴唇让他情不自禁联想起某个美丽的明星。这种奇特的印象，深深诱惑了他，他感到身体内部有一股热流正在迅速奔涌。没错，他是个肤浅的男人，靠本能生活，他的脆弱不堪一击，显而易见。这不是欧冶第一次被女人吸引了，他的冲动来自女人，他所谓的幸福感也来自女人，当然，不可避免地，他的危机感也必然来自女人。在市民中心大广场，在那个对视的瞬间，他放纵地打量她，仿佛注视着一只珍稀而柔弱的动物。的确，她有理由骄傲，一个身材匀称的女人，个子不高，柔软的嘴角总是挂着几分浅笑。欧冶的心跳莫名其妙地加速了。交往中，他发现了她的与众不同。譬如，她喜欢沉默，看着低眉顺眼，眼神却相当倔强。当她沉默时，你去问她某个问题，她会倏然一惊，一副仿佛灵魂出窍的诧异模样。当她沉浸在自己个人的心事中时，虽然眼睛仍在瞅着你，但是很明显，她的眼神也同时告诉了你，她的心仍然在另外一个世界遨游。那种恍惚的样子，那种心不在焉的样子，那种因走神而柔无所依的样子……真是惹人怜爱！他居然会莫名地心疼不已。唉，此情此景，他已不是第一次遭遇了。在过去，他也曾有过类似的感受和经历。有时候，他会质疑自己，难道自己天生低贱吗？他怎么会去喜欢一片抓不住的云彩呢？

在他的前半生中，他总是看上这样的女人，却又不断与她们失之交臂。换言之，他总是在同一个地方跌倒。往后他记住了，但凡看见这相似之地，他便心甘情愿地主动跌一次。这要命的记忆，不知道被谁写进了他的基因。

这是一个人的宿命吗？不管是不是，他总是自甘坠落其间。遇见这个女人，很快便点燃了他心中的欲火。不，其实，他是一个单纯的男人。譬如，他最喜欢，也是最容易吸引他的，不是别的，而是她单纯的眼睛，像秋空澄澈，万里无云……唉，那种天真无邪，无法捕捉的流光飞羽……

当然，这么想时，他的眼睛自然地寻找到了她肥厚的美唇。思想很正确，目光却更诚实。

不管怎样，在这个信息爆炸、美女图片满天飞的年代，能遇见一个让你心跳的女人，需要有多么强大的震撼力量？当然，她没有图片上的女人漂亮，可是，她有图片上女人所没有的：她是活的。想象一下，一个堪称尤物的女人，坐在你跟前，风情万种，你真能坐怀不乱？因为这个偶然一现的她，他久久不能平静，那天晚上他失眠了，在醒着和睡着时，在有意识和潜意识中，他开始策划一桩隐秘的"夺女"计谋，热血在胸中翻涌，思维在脑中成形。喔，没错，他要得到她！所谓计谋，其实非常简单，甚至有些粗暴。他要以另外一种形象示人。是啊，他也曾有过片刻的犹豫，为自己的冒失担忧。的确，若以他放浪不羁的性格而言，想要把自己乔装成一位成熟有礼的谦谦君子该有多么困难！可是，一个男人，在他那完全盲目而爆棚的冲动驱使下，这样的构想，难道还会构成所谓的问题吗？

事实上，那一刻，涌现在他心头一个灼热的念头就是，他需要她……他想要得到她！荷尔蒙的高涨，犹如一片汹涌的海水将他淹没……是的，此刻，他只有一个信念，就是要不顾一切得到她。

这个滚烫的愿望，必须予以高度重视。因此，目前来说，她才是重中之重，在生活中排位第一。目前来说，即便只是为了她——为了这个女人，他也需要洗心革面，重塑形象。

没错，一个新欧冶，一个焕然一新的男人——就要诞生了。

对于自己的容貌，他自然了如指掌。这点不足为奇，每个人都有自己

丑陋的一面。可是，换个角度看，作为一个普通的人，不也有值得谅解和首肯的另一面吗？而作为身形瘦长的男人，与很多平庸的同性不一样，很早就有人过分关注他的外表。他们仅仅凭着他走路似乎有点儿外八字，便刻薄地形容他长得像青蛙。青蛙就青蛙好了，可是，有人不够厚道，硬要说他是青蛙的近亲，就有点儿过分了。他的个子固然偏高，可是脸庞确乎过分地圆，且下巴尖瘦，配合八字步……唉！为这个，他的确很难拒绝"青蛙王子"这个外号的加冕。更何况他头发稀少，耷拉在额前的几根头发总是随风飘荡，所以又有人调侃他，说幸亏有这个特点，他才因此得以脱离青蛙的世界，从动物做回了人（因为青蛙是没有头发的）。

回首过往的一切，他明白自己也不是没有优点，他的优点之一，就是行动力强，这么好的优点，也被损友讥讽为爱折腾。好吧，爱折腾就爱折腾吧，自从遇见这位心中所爱的女人之后，他便兴致勃勃地开始折腾起自己的"脱胎换骨计划"。

在他的认知里，男人首要的一个品格，就是"说到做到"，这样才有男子气。因此，他的第一步计划，就是开始收敛自己。所以，当新的一天来临，报社里的那些同事们，遇见了一个新欧冶：整齐的头发（还抹了一点儿发胶），平时并不常见的笔挺西装，尤其是洁白的衬衣领子，仿佛喷了反光剂般令人目眩。而他平日里的那些高谈阔论，乃至无聊的放纵与胡闹，完全被有序的"整齐感"压制住了。在待人接物等方面，惯见的粗俗与满不在乎，亦在短时间里，替换成了克制和沉默。

在他的心里，重新描画的作息时间表，早已全面调整成了以自我为中心（其实他明白，是以某女为中心）的主题结构安排，全部指向一个目标。

　　出关第一秀，姿势最重要。首先，他必须刻意低下自己高傲的头颅。他要让自己变得卑下和谦恭，脾气也要变得客气加温和。而粗糙又笨拙的脸庞，虽不能如她一般娇嫩可人，但也要同样地满溢出恭顺的笑容。

　　在报社办公室要这样，走出报社，依然也需要这样。气质胜过一切。

　　"您……真是好脾气。"有一次，她这样夸他。

　　"是吗？"他颔首微笑。

　　"其实，不仅是好脾气，您还真是好教养呢。这个，在我们这座城市真的很缺乏呢。"她再一次认真地夸奖了他。

　　他有些飘飘然了。最初的交往，就获得了这么好的回报，他才知道，任何的心思与付出，其实都是行之有效的。他似乎明白了什么叫作"语言不能抵达的地方，行动却能够很快抵达"。这么说来，他的那些曾经的阴谋……喔，阴谋！话虽不好听，效果却是立竿见影。嘻嘻……他情不自禁地笑了起来，为自己感到自豪。他留意到，短暂的相处，已让她变得有些好奇和主动起来。两个人的谈话气氛，也从最初的谦恭有礼，变成了后来的轻松随意，不像开始那样过分拘谨，手脚没处放。一个人，当她说话自然时，她的心里便没了负担，笑声也就多了起来。最有意思的，是这个城市，真是有灵性的城市呢。你瞧！就连天气，都晴朗舒适，凉风送爽……一切都仿佛在鼓励他们之间的交往。

　　这些新的变化，他都看在眼里，乐在心里。本质上，他一向有些轻佻、粗心，所以，现在就有了一点点得意。哈，学会表演并不太难嘛。平日在办公室，男人们向来喜欢开玩笑，他与报社的同仁们经常会彼此嘲讽。遇上对方变脸快的，大家都热衷说一句"你可真是中戏毕业的啊"，或者，至少也得说一句"噢，演得可真像哦"。

所以，到了现在，他终于回过神来。他不无得意地想，他们的演技算老几呀？自己才是正宗中戏毕业的呢。

"嗯，脾气……"他恭敬地说，鼓起的前额上面，几缕黑发依计划在风中飘动。以他现在的态度和口吻，或者说，以他现在说话的技巧及掩饰能力——在她面前，他确实像是换了一个人。毕竟一切都是新鲜的，他要装扮成的那个新欧冶，连他自己都颇为陌生，充满诧异感。是的，他自己都还没过足瘾呢。有个词叫什么来着？洗心革面。是的，相比内心的饥渴和热望，现在的他做什么都是值得的。你瞧，一只经逢久旱干渴的小斑马，一旦来到一条水花飞溅的小河也会奋不顾身跳进去，何况是他？身处困境久矣，因此，面对这突如其来的天赐良机，他又岂能亲手错失？天上掉下个林妹妹……这种好事，也不一定只有贾宝玉才能遇到。哎！他要打起精神来，好好抓住这来之不易的天赐良机。平时的他，确实有点儿浑，有那么一点儿玩世不恭，现在绝对不能露馅儿。要打起精神来，动员浑身上下每一根涌动着热血的毛细血管，要把身体所有的精明与细察都换成一个词：探测仪。他要变成灵敏的探测仪，全力以赴地去搜寻对方的软弱命门。只有这样，他才能对症下药，收获奇效。

听到她的赞赏，他忽然意识到了，这或许表明，她对好脾气的男人更情有独钟？没错，好脾气，才能带来好教养嘛。特别是，你瞧！她本人，她自己，活生生就是温柔体贴的代名词呀！一个温柔的女人，渴望遇到一位有教养的好男人……哈哈，或许，这一点也正是她的软肋所在。坐在中心书城二楼一家餐馆里面对面聊天吃饭的时候，他记得她含情脉脉的眼神，里面藏着无尽的温柔与好奇，忘了是美国哪个女诗人写过，"温柔是心灵的优雅，正如风格是思想的优雅"。两者都与质量有关，感情的质量，理性的质量。当时，他一直很困惑和犹疑，为什么她的眼睛虽然清澈温润，却始终流露出一种饥渴来？难道，像她那样完美的女人，在心底里，还有什么不能满足的吗？现在他才明白过来，或许，这便是她的品质与魅力所在。不管怎样，他必须小心翼翼地，朝着她心中所渴望的梦想前进。

唉，好脾气！男人的好脾气，这个可以有。即使没有，也必须要有。在女生面前，让平时的乖戾变成乖巧有趣，让急躁的自己，变成有好脾气的好好先生，这是他现在的唯一选项。蒙对了这题，后面，或许就是通衢大道。

好脾气是什么？好脾气，是面慈心善。好脾气，就是不该说的话不说，不该干的事不干。好脾气，就是要见机行事，以己之长，投其所好，不达目的决不罢休。噢耶！哈，在鼓励自己的时候，他听出了自己的幽默感。是啊，他自己就姓欧，名冶。

不记得是第几次约会了，她虽然含着笑，却有点儿像是在表达不满，或者像是在埋怨他的冷漠与迟钝。她语速缓慢，却很专注地说："我们认识也有这么长一段时间了，您为什么从来不肯谈一谈您自己呢？"

"谈我自己？"他安静地瞅着对方，有点儿感慨，又有点儿胆怯。他的眼睛开始湿润起来。这个问题，他并不乐意回答。与大多数人相比，他的身世，他的家庭状况，都够令人唏嘘。让他再次去回顾凄凉的往事，最多赚一点儿廉价的眼泪，这是他最为忌讳甚至是最想要逃避的。那记忆中曾经有过的美好而又虚幻的过往，都在他十七岁那年的秋天全部结束了。自那以后，他竭力避免涉及这个话题。在与朋友、同学、同事的社交场合中，他的嘴巴也一向很严，从不主动向别人谈及自己的一切。况且，关于家庭与亲人的回忆，可资回忆的场景和内容也着实不多。在这个世界上，有些人生来幸福，含着金汤匙出生；有些人贫穷，却也平安顺遂。而他则不然。他此生幸福的时钟，早在他还很年轻的时刻就停摆了。他将悲伤的故事深埋在心底。许多年过去，便逐渐适应了，他开始习惯了孤单而又沉默的独身生活。

对了，他想起来了，若想知道那些故闻旧事，她不是早已通过中间人获悉了那么些资料吗？难道还需要亲耳听见他自己来重叙一遍？他无声地看着她。面对自己的落魄、伤心和曾经经历过的困境，他犹像不决地思忖，她是不是认真的？

"我那点儿糟心事，您不是早已知道了吗？"他讪讪地回应她。

"真的是……是因为那一次车祸？"她有些迟疑地问他。听了这话，他明白她确实了解过他的履历了。关于这些最基本的信息，介绍人肯定早已传达给她了。

他沉默地望着她，脑子里闪过当年的情景。十七岁的他，跟随翻滚的大客车，落下了山崖，那山崖不高，但下面的深水池塘却让大客车全部人数的五分之四以上在这个世界消失了，只有九名幸存者活了下来，他是其中之一。就是在那一年，他失去了他的父母和妹妹，他拒绝再去回顾这一切。所以，当他的思绪飘向那个恐怖的年份，就立刻强迫自己，只是直愣愣地看着眼前的她。这样僵持了片刻之久，他才缓慢地点了点头。

她是敏感的女子，或许读到了他眼睛里闪烁的悲伤和恐惧。所以，她灵机一动，很快避开他的尴尬，立即换了个话题。她毕竟是一位心地柔软的女人。

"这么说，您现在是一个人在深圳了？"

"是的，一个人，在深圳。"

"有没有，偶尔也会觉得自己好可怜？"她叹了口气说。

看起来，她似乎也是一个容易伤感的人。欧冶瞅见她低着头，仿佛在考虑要不要吃盘子里的那只肥厚鲜美的生蚝。后来，她还是夹了起来，并蘸了点儿日本青芥末，优雅地放进嘴里。然后，皱了皱眉头。

"您也吃吧，都凉了。"她温和地对欧冶说。

欧冶一阵感动。然后，看见她又抬起头来，想要继续他们之间的谈话。她的眼睛，温存地看着欧冶，害羞地低声说："一个人的孤独，一个人无法排遣的孤单，这是我们这个城市的一大特点，因为单身的人太多了。如果不是忙于生计的奔波掩盖了大家的寂寞，那这个问题还会明显得多。虽然说整个城市也已有千万规模的人口了，平时到处挤满了人，马路上人来车往……可是，每年年底，总会有那么一段时间，很多人回老家过年去了，这个城市又变成了一座空城，大街小巷，马路上到处空荡荡的。这个时候，孤单的人，会觉得更加难熬，有时竟会有一种走投无路的感觉。"

她的声音是那么的缓慢，宛如细流沁入欧冶的心里。关于孤独的话题，在这座城市里，其实很少人这么直截了当地提及，偶尔才会有人无心地描述一下。他心里暗暗一惊，她说得没错呢。可是，能用一种恍恍惚惚的语言，把一个人内心深切的隐痛，用一种城市生活的意象含蓄表达出来，也唯有她了。她这么说话，也表示了她的善解人意。的确，他的确经常感到无比的孤独。不仅孤独，还有失落和悲戚，还有无聊与无奈。尤其是逢年过节时，别人都欢天喜地买票回家过年，他却无处可去，像凋零的树叶飘荡在街巷之间。当这个女人用一种轻描淡写的口吻，把生活中的伤痛与畏惧平淡地说出来，他可真是感同身受。他忽然想到，或许眼前的这个神情平静的女人，在这个喧哗的城市里也倍感孤独呢？倘若这样，那他与她之间，也许就会有更多的共同语言了。

其实，经历过生活长期的折腾，现在的他倒并不怎么去思考孤独的问题，他惧怕的是失业。失业了，赚不到钱，就养活不了自己，这会逼迫一个男人爆发出无法掩饰的恐慌。严格来说，来报社工作前，他断断续续失业快一年了，其间到处跳槽，到处被辞，那是他感觉生命急速坠落的一年。每天，他都觉得他的世界正朝末日飞奔，幸好报社接纳了他。这些年报社也不景气，互联网兴起，一批批新闻从业人员辞职离开。幸亏空缺的位置，尚需要有人替补与加盟。所以这份工作，便成了他危难之际的救命稻草。如今，他喘息方定，难道内心的孤独就写在脸上了吗？要不，她为什么别的问题都不提及，却选了这么个尴尬的话题来聊呢？

当然，还有一种可能也是存在的。那就是，也许她……也许她比他更孤独。在一座孤独的城市里，孤独本身已经够可怕了，可是更可怕的是失业。当两种顽疾汇集在一个人身上，那才叫人惶惶不可终日呢。

2

初来这城市时，欧冶正值青春年华。当时，乳臭未干的他，选中了这座城市中靠近香港的一个地方居住。其实，确切地说，是靠近罗湖口岸。那里更为著名的是深圳火车站。在火车站的背后，不，也许应该称为在那一大片高楼的背后（还有若干隐约的群山），便是传说中富裕而神秘的香港了。那些年，香港在内地人的心目中，崇高且令人向往。那会儿，他圆圆的脑袋上面，尚还茂盛地覆盖着一片漆黑密实的头发。而他最初落脚居住的地方，便是一个叫作罗湖村的地方（后来又搬到附近不远处的向西村）。在最初的那些年里，他非常勤奋努力，每天奔走在罗湖、福田和南山之间。偶尔，还要去宝安与龙岗那些农村地带。那时的这个城市与现在相比，才初显城市的雏形，到处都在大兴土木，每天都有新路在挖掘，铺展，伸延向远方；每天都有新楼拔地而起，矗立在海边或山间。突兀的山峰被削平了，昔日高耸的小山和群蚊乱舞的沼泽地，化作了一片片的新街区。在那些最时尚的街巷之间，有一座新起的大楼，就是招来无数人慕名观光、名扬中外的国贸大厦。这些不断延伸的大楼和街巷，连同马路上川流不息的人群，慢慢地，勾勒出了深圳老城区——那片最早的粤语与普通话交织成一片的繁荣乐园。那些年，恰好与他个人生理意义上最鼎盛的青葱年代叠加在一起。有一句话是这样说的——年轻的城市年轻的人。人们朝气蓬勃，充满希望。年轻最美。这座年轻之城当时正处于荷尔蒙飙升的激情四射时期。他就是在那样的情景下，来到了深圳最早的也是离香港最近的城区——罗湖。

关于罗湖这地方，早先他就听人说过，罗湖原本并不是湖泊。罗湖其实是一座山。后来，有人还专门考证过，说是"罗湖"这名称，来源于清代康熙年间就存在的罗湖村。"罗"字源于古越语，是古壮侗语对山的称呼，带有"罗"字的山名是古代百越族人的遗留。简而言之，"罗湖"即是指来自周围湖塘众多的那座山的名字。这么说，好像颇为拗口。不过，作为年轻男人的他，并不关心这个。后来，罗湖山削平后，在这个地域，方才建立起了毗邻香港的深圳火车站，以及发展中心和香格里拉酒店等地标，这些地标，至今仍是罗湖辖区内大名鼎鼎的存在。当年，欧冶只不过二十出头，每天像敏捷的小动物一样出没于罗湖村附近，他本能地喜欢这个人头簇拥、活色生香的城市。年轻人的莽撞和大胆，给了他勇气和机会，当然，也给了他不少的打击和教训。几次创业（倒卖香港丝袜和进口香皂）失败，曾让他一蹶不振。所以，很长一段时间，他闷闷不乐，沉湎于酒色之中。他在春风路的迷离夜色中穿行，犹如彷徨不定、不思进取的夜行者，过着放纵堕落、荒诞不经的生活。他的生活变成了一团乱麻，当然，他的内心更是一团乱麻。他想这么告诉她，可是又担心她看不起自己。毕竟，在内心深处，他仍是自卑的。十几年过去，当年的毛头小子如今已步入中年，他的生活却是一如既往地一塌糊涂。他所能够想象的自己，正像一个筋疲力尽的旅者，似乎毕生都疲惫地奔走在渴望发财、渴望成功的路上，且永远无法抵达财富的彼岸。从某种程度上来说，他的艰辛和失意无可名状。

当然，假如悲伤和恐慌是人生的基本盘，他倒是一直都有想去琢磨怎样用尽各种办法绕过那些人生的障碍。不过呢，想要让自己喘口气，更为简单省力的甩锅方式，就是将人生奋斗的所有艰辛与不顺，都归结于自己那毫无实力的家世背景。毕竟，无论从政治还是经济角度来看，他家庭的状况的确乏善可陈。当然，家世的不济，也不完全属于他的责任。所以，如果要从家庭的角度推卸责任，也无不可。显而易见的是，来到这个城市淘金的人们各不相同，有的人天生拥有各种优势，能够先发成功；而其余的竞争者，必定会泥足深陷。从另一个角度说，在这座被称为"奋斗之城"的城市，他耳闻目睹，听到各种成功者的故事太多了，本市的报纸、电台和电视台，经常会有这类事迹报道，听了叫人热血沸腾。不过，他的周围，失败者更多。那些被生活遗弃的人，成了他生命中无法躲避的阴影。偶尔，他也会试着去总结一些经验和教训，由于能力所限，总是浅尝辄止。是啊，近乎是孤儿的他，失去家庭很久了。记忆中曾有过的家，随着少年时代那次惨烈的车祸，早已化为乌有。幸好他生性有些莽撞，有些随性，如果不是早年莽撞地偷偷跑到南方来，如果不是他莽撞地发奋钻研（有时候他也认为自己够聪明呢），如果不是他莽撞地执着于不停跳槽寻找新机会，他就不可能在南方时报社寻得一份体面的记者工作。幸好他找到了这份工作。自那以后，报社便成了他的名片与护身符，他的生活也因此逐渐安稳下来。

不过，自从认识她以后，他心里便升腾起了一种奇怪的胆怯与沉默，像沼泽地上空的浓雾，让他心怀战栗，踌躇再三。每次见到她，他都不太敢直视她，这并不代表他惧怕她，正相反，他知道，她是他生命中飘荡过来的一片祥云，而祥云是不会伤害人的。虽说不会伤害他，可他却知道自己已不容有失。所以，由此而产生的患得患失的心情，是再正常不过的了。他害怕的是，有朝一日她会由温煦的祥云，转化成失控的流云，一不留神就被南太平洋频繁出现的台风吹走了。与她见面的次数增多，他积累起了一点儿自信。这位镇定自若的女人，总是用温柔的期许与鼓励，赐予他勇气。每次与她静坐在咖啡馆或荔枝公园土坡上默默对望时（她喜欢荔枝公园），他常会情不自禁独自感怀。那天，他坐在荔枝公园的草地上，心中油然升起了一句古诗：江山留胜迹，我辈复登临。老天！这是啥意思呢？江山留……胜迹，那么，谁是"胜迹"？是这个女人吗？在他的心里，她居然变成"胜迹"了吗？那么，这跳跃的念想，到底意味着怎样的前景？我辈复登临……莫非此意是在暗指，他可以完成对她的征服？

而从另外一个侧面来看，如此高的境界与他的真实状况差距极大。这句诗，怎么会从他的脑海中冒出来呢？难道是专程来印证，他的理想与现实的巨大距离吗？唉……说到底，他果真拥有能够征服对方的底气吗？

当然，不管怎样，能够激发男人豪情的女人，都是好女人。不过，在现在，在现在这么一个重要的时刻，刻意放纵自我，刻意让自己忘乎所以，肯定不够明智。事实上，在女人面前，欧冶经常会迷失自己。我辈复登临？开玩笑吧……想象力丰富的他，总是容易陷于利令智昏的境地。他胸中的荷尔蒙，不经意释放出令人头晕目眩的能量，那是一种类似征服欲的能量。他要视她如江山一般去征服她吗？要视她如胜迹一般去踏平她？他疯了吗？真的，太快了，这情景来得太快了。仿佛跳伞一般，他感觉自己正从高空中急速坠落。唉，欧冶！欧冶怎会这样？在平时，在很多个平时，他知道自己是生活的游戏者，甚至也可以说是日常生活的失败者。可是，谁能料到，相见伊始，他便被那宁静秀气却又丰满迷人的她，撩拨得气血上涌，难以自控呢？而另一方面，他却又被自己苏醒后的猥琐与自卑，吓得沮丧，退缩，裹足不前。失意与奋发，正是目前他忐忑不安的真实写照。

所以，现在，他最为需要的便是安抚自己，让自己尽量平静下来。

幸好，他是一名记者。从业的时间虽然短暂，可是作为记者，他仍然可以称得上善于观察。他的眼睛，还有他的大胆（或者说是无耻），让他可以无所顾忌地凝视她。他在凝视中寻找勇气。他惊奇地发现她脸上柔软淡黄的汗毛，在夕阳的逆光下闪烁着迷人的光泽。那个时刻让他最为心动。哎！这个女人啊，人近中年却依然保有娇嫩的肌肤，她居然能够保持着不可思议的细腻和干净，这真是大自然赋予她的一种神奇能力。

在最初的日子里，他就这样凭着男人的焦急、莽撞、躁动不安，凭着大龄男人剩余血气带来的冲动与勇敢，渴望她，接近她，从而吸引她的关注。

而所有的这一切，又再一次证明了，他的局促与自相矛盾，具有意想不到的功效。在错乱的激情中，每次相遇，他都曾涌动着想要不按常理出牌的企望。每次沟通，他又下意识地懂得管控自己的任性和荒唐。他的变化和反常，总会让她迟疑。

所以，眼下，他更需要的是收敛与恭敬。他有一个掩饰性的动作，让他显得既专注又有魅力：他总是小心翼翼注视她。他注视她的脸，盯着她丰肥的嘴唇……而这时，他的内心，会情不自禁地泛起爱意。这时候，他奔突无序的心跳，忘乎所以的饥渴，才渐渐化为一声艳美的叹息。

不知不觉，她在他的跟前，变成了一道风景。很多时候，是一幅冬夜里的炉火图。从她那里，他感受到了善意与温暖。这个时候，他额前的黑发是听话的，偶尔也会在风中飘荡几下，仿佛幽灵的舞蹈，来吸引她的目光。

而她的确与很多女孩不同，坐在对面椅子或者荔枝树下的草坡上，她总是把腰杆挺得笔直。后来，他才知道那是她的习惯姿势。下午他陪着她，走在红岭中路宽阔的人行道上，曾有意跟她保持一点儿距离。他想要看一看她走路的模样。她走路完全不像安静的女生，怎么说呢？像是高档酒店门前的咨客，或者是训练有素的模特。她身姿柔软，挺胸收腹，一派自然。甚至，融野性于优雅之中。他喜欢她的挺拔和柔韧。真奇怪！她给他留下的最深印象，怎么竟然会是独具一格的女性身姿？

当然，他也注意到了她的胸乳，虽不属于丰满型，可是，挺拔的身姿，却让她有一种飞扬的姿态，比拥有丰硕乳房的女人更引人注目，夺人魂魄。很多时候，他很惊奇，她那并不算高的个子，是怎样做到如此独特的需仰视才见的挺秀之美呢？

能够拥有一份如此突兀的身材之美，所以，关于她的身份和背景，便成了另外一个吸引他的谜团。自然，关于她，欧冶也并不是一无所知。她对他，也绝对不是守口如瓶。像所有走进恋情的男女一样，他们各自交换彼此的信息。所以，很快地他也就知道了她的更多情况。他知道，这个女人并非来自钟鸣鼎食之家，虽然她气度不凡，可她本人却一再谦虚地表达过，她不过是来自内地城镇贫穷的市井之家而已。

既是市井之家，翻译成现代语言，那便是普通的小市民家庭了。看起来，她并没有欺骗他。她告诉过他，由于生活拮据，她自幼吃过很多苦。不过，那些漫不经心的告白，不假掩饰吐露而出的真相，曾一度让他深感困惑。因为，仅从外表看，她怎么也不像吃过很多苦的贫穷女性。以他多疑的性格，他怀疑这个含蓄从容的女人，是否天生具有一种信口编造故事的说谎才能？你看，她的谈吐是自然顺畅的，同时也很随意，眼见得每一句话都信手拈来，彬彬有礼，自然得体……这一切都令他将信将疑，乃至隐隐不安……唉！的确，他完全看不出来啊，他看不出，她受家世影响到底几何？是的，不管她如何谦逊、避让，她的温婉和优雅，如初春的气息一样沁人肺腑；并且在她节制的举手投足之间，总有某种惊鸿一瞥的古典与优雅。现在，在他的心里，她已然是一种梦幻般的存在。而越是这样，他就越是坠入一种迷乱和惊诧。他甚至相信，这个女人的前世，或许便是古代簪缨世胄，开枝散叶流落南方的一枝……她的恬静和典雅浑然天成。

的确，她也会有短暂的恍惚与走神，甚至偶然的张狂……这与她平日里的谦逊有礼、温婉含情，又有不同。话说回来，谁的性格，又不是各呈谜面的多面体呢?

因此,在某个特别的时候,他也会去大胆臆测这个女人,他想象她在骨子里或许会是一个我行我素、一骑绝尘的孤傲女生。

3

两个多月,不,似乎有三个月了。在两个人的交往中,欧冶慢慢地获悉与知晓了她更多的过往。正如人们所能预料、所能认可的那样,这些信息,大多是以口语、以故事的形式向他转述的,挑起话题,波及隐私……一个人的过去,便犹如口供那样,录入并存放在他大脑的磁盘里。至此,他才可以说,她的形象才更为清晰起来。她的模样也才更真实、可信,变得有趣。

而要仔细算起来,她的年纪似乎与他相仿。这意思便是说,她比他小那么一点儿,她与深圳这座年轻的城市,却是差不多的年纪。

换言之,当深圳和珠海、汕头、厦门这几个城市刚设经济特区时,这个女孩或许正躲藏在母亲温暖的肚子里,在一片温暖的羊水里,靠着一根脐带活着。而他,比她稍微要大点儿的他,那几年,他也才刚刚睁开眼睛,好奇地打量着这个陌生的世界。

当然,当时的她过于弱小,还不能像他那样,能够自如地窥视这个纷乱巨变的世界。她只能选择顽强地生存下来,她正在努力摆脱母体的呵护,她要来到这人世间,活出人样来。她并不知道,十几年后,她会独自来到这个陌生的城市居住与谋生。

躲藏在母亲肚子里的日子并不太久。据说,那是她一生中最调皮的时期,出生后,可就老实得多了。到后来,那个被老公抛弃了的女人——她的母亲，那个固执、有点儿神经质的年轻女人，总是喋喋不休，向这位年幼的女儿灌输着一个观念：男人是个坏东西。男人是个坏东西。当年不流行说三遍。但是，这样一句话，每天是一定要说的。唉，她的男人跟一个坏女人跑了。那些年，那个痛心疾首的女人刚生完孩子，面对未来一片茫然。似乎只有向尚未学会说话的女儿倾吐苦水，才能疏解她苦闷的情绪。

当然，也有开心的时候。待她稍微长大，年轻的母亲便常常责备她的调皮捣蛋，说她小时候总是蹬她、踢她，没有一点儿母女之情。"有那么狠狠踢老娘的女儿吗？"她的母亲总是质问她。不知道为什么，她的小腿可有劲了……常常把母亲折腾得痛苦不堪。就连走路时，这个小生命也会冷不防给她一脚。母亲曾惋惜地猜测过，她想，在自己柔软肚皮里面住着的，一定是一个顽皮的小魔王！打架斗殴，必是行家。倘若生在北宋末年，没准儿就跟着宋江去了水泊梁山，落草为寇。

"他们后来很失望。母亲嘛，因为难产差一点儿送了命。而我，因为比男孩少了一个重要的器官，在他们的眼里从此不再重要。"她遗憾地说。

是的，她是这样说的。当她说这些的时候，表情有些怅然若失。她会幽幽地冥想一会儿，然后才失声笑起来。

跟她聊天，欧冶经常会有一种错乱的感觉。开始，是跟一位刚刚认识的陌生女生谈话，各自彬彬有礼，正襟危坐。后来渐渐熟了，话题便开始多了。她想说什么便说什么，比南方的风还要自由随意。他完全无法及时准确捕捉到她的意思。今天她吹的是山风，明天就吹海风；今天是北风，明天就是南风……他经常被她变幻莫测的风向吹得晕头转向。她会像这样，谈起在妈妈肚子里的时候……又会装作很关心你，尝试着打听你的隐秘情事……有时候，还会抛出一个猝不及防的提议，"咱们现在去深圳湾看海"，或者"去羽毛球馆打羽毛球吧"！

而他的思维却总是跟不上她话语的变化，他经常追着她，在她那些飘忽的念头后面疲于奔命。可是，如果不跟随，却也无法安生，她会用十二道金牌令箭一样的催命符催迫你，让你回答无数个令人尴尬的问题。

唉，这便是欧冶眼中的那个年近中年的女子。那个让他动容，又让他费解的女人。这骤然出现的谨慎而冲动的女人，与他这位自诩隐匿颇深的好色之徒，能并肩走在一起，实在太不可思议了。他自谓平生所见各色女子不在少数，而她确实与她们大不相同。那会儿，欧冶总是心存迷惘地看着她。他与她，常常站在街头彼此对谈。他知道，这女生对他有好感。她喜欢有文化的人，喜欢把自己打扮成单纯的追星族。而他作为报社知名记者，自然天生就是有文化的人了。为此，他常常窘迫地说："我哪有什么文化？只是迫于生计，写几篇吹捧的文章罢了。"他想对她说，他只是一个卖文为生的男人。之所以这么说，他并没有打算故作谦虚。可是，这样的话，在她听来，却无一不是谦虚之语。恰好她喜欢谦虚的男人。她认为谦虚的男人才算靠谱。所以，后来就变成了，他越谦虚，她的脸色就越温柔。当然，目前，他们之间尚算生疏。这是自然的，生米煮成熟饭也需要时间嘛。她对这个男人仍然需要保持一定的警觉。那天，他们沿着深南路压马路，走到深圳大剧院附近，她忽然喊叫起来。

"不行了，我快到家了，您……"

欧冶看着她的样子，他知道，她吞吞吐吐的意思是，他们该告别了。

"我送你到楼下？"欧冶试探着问。

"什么楼下？"

"啊？"

欧冶一下没有听懂，她居然这样问。"什么楼下？"难道他说的有什么不对吗？

"您怎么知道，我住在楼下？"她一本正经说。

哈哈，原来是这个意思！这女人要命的幽默感啊。细论起来，欧冶当然不知道她所居何处，是楼上，还是楼下。在城市里，到处高楼林立。如果送人，不是一般都走到楼下止步吗？可她竟然反问："你怎么知道我住在楼下呢？"面对她的反诘，他一时无语。

深圳大剧院周边皆是城区的中心地带。有如北京的一环二环，寸土寸金。当年这里低矮的草棚，经过改革开放岁月的洗礼，已画上了最新、最美的蓝图。旧房推倒，新建筑拔地而起。现在这里成了深圳的核心地区之一，不仅有深圳大剧院，还有众多的国家银行大厦，更有显赫一时的地王大厦，与已成为深圳中东部最高地标建筑的京基100大厦。在这五光十色、生机勃勃之地，她的确有理由问他："到底是哪儿的'楼下'呢？"

这里所有的"楼下"，都是商店、酒楼、超市，是商业场所。这里的楼下不住人。所以，也不可能是在"楼下"。

以她的机智，深藏的冷幽默，他真切感受到了她的聪明与调皮。一个人，只有头脑灵活好用，才喜欢含蓄其辞，曲尽其意呢。这是她暗藏着的优雅与显摆吗？不管怎样，他看到了她内心的丰沛和思维的活跃。在喧闹的街边，欧冶情不自禁地抬头去看黑暗的天际。好吧，按照她的逻辑去理解，她应该住在那些高耸入云的商业楼盘之上了。那些巍峨大厦的黑影里面，与云彩相接处，或许隐藏着那么一间香氛迷人、充满诱惑的闺秀之所……

可是，那地方从何处进入呢？他也没法儿找到那个"楼下"。

这么想着，他自己先笑了起来。现在，他似乎领会到了她另外的用意。很显然，她还不想让他知道她的具体住址。她的故作姿态后面，隐藏着她的冷静。

"好吧。"欧冶快快地说。

他们站在黑暗的街头，在闪烁的霓虹灯影下告别。

4

在黑暗中——嗯，他的意思是想说，临睡前他总是先关上灯，想在黑暗中默默地躺一会儿。在黑暗中，他经常会想起这个女人来。有些神奇有趣的事情的发生，会让他粗糙的脸庞在黑暗中忍不住荡漾出微笑来。哈，她差一点儿在公交车上出生。这可是她亲口说的。是她告诉他的。那一年的秋天，她的家人还在内地，家庭尚未四分五裂……他们尚在江西的省城洪州生活。某一日（他忽然意识到，那天该是她的生日了），她母亲外出买菜回家，在公交站还没上车（那年头公交车总是挤满了人），肚子疼得要命，母亲一屁股坐在路边冰冷的石椅上。那时还没有手机，街头电话亭也不多。一位大妈好心扶住了她，发现她大汗淋漓痛苦地捂着大肚子……她们在街头心急如焚。后来一位骑摩托的年轻民警替她拦下了一辆汽车，然后手忙脚乱地把那年轻的产妇送到了医院。

周怜幽说，那个年代生活艰苦，但是民风很淳朴。

对了，她的名字，叫周怜幽。如果与她的出生联系起来，仿佛自出生起，她就沿着母亲崎岖幽暗的产道，可怜兮兮地抵临这个世界。

最让她难过的是，后来长大了，她才得知，当她仍在母亲的子宫里，在医院待产期间甚至出生以后，她的父亲都没有来过医院探望和照顾。很长一段时间，周怜幽不了解是什么原因。她不明白，作为父亲的第一个孩子，她为何会成为那个男人完全忽视的对象。长大后的一天，慈祥的外婆（那会儿她还活着）对周怜幽说："你的父亲，在你母亲身怀六甲的时候，就跟单位里的一个女同事好上了，等到你妈妈发觉不妙，却为时已晚了。"

在记忆里，她不到一岁半时，她妈妈就跟那个男人——那个她从未谋面的父亲离婚了。她之所以记得那么清楚，是从那以后，妈妈曾无数次向别人哭诉，在她女儿尚未出生时，她的男人就跟别人跑了。而周怜幽，则自出生起从未见到过他。

大人那些痛彻心扉的哭状，深深印在她的心里。沉默多年后，她每每念及，生命中最缺乏的一种特殊角色，一种特殊定义的男人（父亲），竟然成了她一生不可企及的憎厌与期盼。

这都不是她特意告诉欧冶的。是欧冶小心翼翼，从她各式简短的唠叨、吉光片羽的对话中，精心收集起来的碎片信息。那是隐藏在这个女人背后的一些残酷真相。很多时候，欧冶会暗自沉浸在一种莫名的灰心和痛苦中。他本是调戏女人的高手，可是这次认识的这位女子，却令他很难产生轻薄之想。

欧冶问她："你真的没有父亲吗？"她会睁大眼睛看着欧冶，反问道："您这是什么智商？没有父亲，我能够出生吗？您这么一个大男人，脑子里都装了些啥东西？"

欧冶只有叹气。他感叹，她虽乃一弱小女子，却具有这般化腐朽为神奇的调侃能力。是的，她经常在一句即将结束的对话中，找到反转的力量。当他任凭她断断续续漫无边际地倾诉，从而一不留神地滑入她的往事——当他情不自禁追随她的思绪进入她那迷乱纷杂的陈年旧事时，他总是情不自禁地产生某种阴暗的好奇心，他急切地想要探寻出她早年经历中隐藏的种种秘密。可是，事实却并不如他所想的那么阴暗。他惊奇地发现，她的过去十分简单，并没有特殊的经历，更没有惊天动地的情史。她的青年时代，仿佛一个中学女生一样保存着大面积的留白。

　　唉，在这种时刻，他竟然如此缺乏自制力，任由新闻从业者的职业敏感上升为主流意识。面对一个中学女生般的女人，他居然担心她会离他而去。这让他很生气，生自己的气。事实上，当他懵懵懂懂地成长为一个大男人，一个无趣的大男人，他就发现自己的智力尤其是在判断力等方面存在很大的问题，当然，他同样知道自己处理事务的能力包括思考问题的方式也都存在着不同程度的毛病。在这个年纪，他竟能忘了他自己的当务之急是什么，也无法遵循事情的轻重缓急来做判断，他这不是作死是什么？

　　他应该清楚，这个年龄的他，需要的只是一个女人，一个安分的女人，一个可以让他放心的女人，一个可以让他从此有家的女人，一个不需要他养活的女人。他绝对不能，绝对不能仅仅把自己变成她的一个对话者，更不能把难得的相处，仅仅当成采访者与被采访者的对谈，每次由好奇心来主宰一切。

　　在与她的交往中，欧冶总是轻易就陷于某种莫名其妙的同情与好奇，是的，好奇害死人。可他很容易就陷入某种莫名其妙的好奇，不能自拔。他本不是这样的男人。与她相识后，他需要花费很多时间与精力来压抑自己放纵的感觉。他要努力克制自己的眼睛，不能肆意地去睃巡街市上其他女性的美丽容颜。这样做的结果是，到了后来，他竟然能站在她的角度想问题了。他由同情与好奇，最后发展成了追随与认同。这跟他以往混迹底层、风流放浪、不负责任的经历，完全是风马牛不相及。在过去，在他年轻莽撞的胡作非为中，他总是在初次见面就放手肆意调戏中意的女性，讨她们欢喜，期望在第一时间占有她们。有时候，他自己觉得，在这座女性居多的城市里，他倒是像一条在水里畅游的鱼儿，来去自如。虽然经常被呛着，可是他仍然贼心不死。自从认识周怜幽后，他情不自禁地收敛起自己的放纵和荒唐。在某些夜晚，他的确会惊骇地想到，他竟然为了一个女人，真切地改变了自己。

当然，即便他改变了自己，即便他满心想要向她靠拢，可是她却总是犹如幻影，忽远忽近，飘忽不定。他想亲近她时，她仿佛自动飘远了；他赌气想要离开她，她却又像是在含笑招手。她的善变叫他无从把握，经常陷入无法掌控的窘迫。从他的角度看，她也是一个不幸的女人。一些痛楚的往事，像冰山一样或隐或现。虽然她轻描淡写，同时又带点儿自嘲。当她讲述自己的故事时，她喜欢用的口吻是戏谑的、自嘲的，仿佛正在向他讲述着陌生人的悲欢离合。可是，他知道，她那是在装。她在装作若无其事，装作好像从来没有受到过伤害。

当然，或许因为两个人的遭遇与经历，都有某种共同之处，他们各自的心里，都明白生之艰辛与人之缺点，所以，他与她，或她与他，才能静下心来对话。

5

报社里的一位女领导，重点新闻部主任青澜有一天跟他说："欧冶啊，给你介绍一个女孩与你认识，好不好？"他回答说："好啊。"青澜主任说：“你没有女朋友吧？我是认真的。看你人不错才想起介绍给你。”

忘了说，欧冶虽然在报社有些粗野、狂放，大多数时候却是安分的。也许，他觉得自己在报社是怀才不遇，所以才容易口不择言。一个男人嘛，总是容易将自己的幻想境界强加于自己的现实生活。然而事实是，更多时候，他只不过是在埋头做好自己的工作而已。在其他方面（譬如越轨），他牢牢秉持兔子不吃窝边草的信念，虽然身边女同事众多，可他绝不在涉及饭碗的职场中拈花惹草。他懂得他的碗不是铁饭碗，而是瓷饭碗。一不小心，就要打破的。所以在工作中，他的行为表现与他的自我描绘和自我期许并不一致，大多数时候，他是一个沉默谦和的男人。不得不说，他有耐性，善于伪装。当然，由于他严格划定决不逾越的界限，他在单位竟然能赢得一众女同事的尊敬。

青澜姐是一位热情大方的中年妇女，报社中层，且已是报社编委，正逐渐走向高层。她做介绍人的方式很特别，只给欧冶提供了一张简洁的卡片，是一张久违了的卡片，欧冶过去只在大学图书馆翻阅各种馆藏书目的时候看到过。看到那张朴实无华的白色卡片，欧冶情不自禁地想，青澜姐在大学时期肯定是教授喜欢的好学生吧。关于周怜幽的资料，青澜姐全部记录在那张方寸大小的小卡片上面，卡片曰：周怜幽，女，江西洪州人。广东农业科技大学硕士研究生。深圳金蔓花业有限公司，办公室文员。

“虽然年纪有点儿大，可是，她的确是个好女孩，就问你要不要？”青澜姐开玩笑说。

“当然要，当然要。”

这样的女孩，欧冶当然要啊。

"可是，一个名校研究生，怎么还是一家公司普普通通的文员呢？"关于周怜幽的低微资历，青澜姐听到了他的质疑，不由得一愣，转而便解释说："怜幽是个特殊的女生，不慕虚荣，工作踏实，为人谦和。事实上，她之所以在这家公司工作，不过是挂名而已。她并不缺钱，只是需要一个社会关系罢了。怎么说呢，一个人，在这个世界上，总是还要有一点儿社会归属感，挂个名也不赖。"后面想来，她这么说，其实是替周怜幽做了一些掩饰和隐瞒。

可是在当时，听着青澜姐的话，欧冶有点儿似懂非懂。他以为他听明白了她的话，可是细想下来，仍然有若隔岸观火。

南方一所著名大学的研究生出身，却只在一家普通的公司做文员。这里面，到底有多少情况可以存疑？到底有多少情况是可以质疑的？

不过，青澜姐的介绍里面，有一点情况显然吸引了他，并且引起了他的注意。青澜姐关于周怜幽不缺钱的表述，让他瞬间便产生了兴趣。缺钱的人，对钱相当敏感。所以，一个好奇的联想浮现出来。真的，他缺钱，但他并不是一个贪钱的男人，只是贫穷缠身的人，才显得那么需要钱。他展开想象的翅膀，像老鹰盘旋在她的头顶。猎物出现了，警觉犹在，可是下手捕获她的欲望更大。哎！莫非，她果真来自不同寻常的多金家庭？又抑或，她曾从事过来历不明的职业，才造成了她的"不差钱"？

讨厌的是，这一切，青澜姐都没有给他答案。青澜姐很忙，她在报社身兼要职，十分敬业，总是风风火火到处采访。她认识的人多，尤其熟悉本城政界官员，传说她与市领导关系好，总能弄到第一手新闻消息和资料。此外，她虽已中年，但却仍楚楚动人。每次看到她，欧冶都会情不自禁地猜想，这个女人年轻的时候，肯定是一个大美人。现在年纪大了些，却又有年轻女性无法企及的风韵和肉感。唉，倘若不是在报社的同一片天空下上班求生存，欧冶肯定会对青澜姐动邪念。他喜欢青澜姐微丰的身体，渴望她的热切。事实上，在认识怜幽之前，他倒是经常将期待的目光投向青澜姐的办公室。他每天若有所思地，透过办公室模糊的玻璃窗，有意无意地搜寻着她丰满诱人的身影，满足自己流云一样浮现的意淫。

好在采访任务很重，兼有自我敲打的自律与约法三章，这才让他杜绝了犯错误。报社实行底薪制，每个记者的底薪很少，他必须靠写稿为生，想让自己生活好点儿，需要完成相当繁重的写稿任务。很长时间以来，他哀叹自己早已蜕变成了一台写字机器。所以，每次在困顿之际，他经常在想象中用青澜姐温润性感的身体来抚慰自己。由于生存的压力，他只能残忍掐灭了身体的邪火。他没忘记自己还要干活儿吃饭。不过，一张充满欲望的脸，加上一份谦逊的伪装，他轻易获得了青澜姐莫名的好感。

当然，周怜幽的出现，改写了这一切。

那天他去报社取东西，青澜刚从北京采访"两会"回来，来到欧冶的桌边，小声问："小欧，你最近……和她的情况，进展怎样了？"

欧冶知道她问的是关于周怜幽的事。有一个疑惑，欧冶不清楚青澜与周怜幽之间的关系，她们是怎样认识的？这个，青澜并没有告诉他。当然，直觉上他也有感受到，周怜幽与青澜，像是分别来自两个世界的动物，目测完全不是同一类型。如果一定要说共同点，也许在"有钱"方面依稀存在某些相似之处。原因很简单，青澜的老公，是深圳一家名叫芳邻居房地产股份有限公司的老板，青澜完全可以不工作。她来报社做事，在许多人看来，纯属自讨苦吃。

所以，她们之间，算是同阶层的人？

至于他与周怜幽的进展嘛，好像暂时还没有出现什么值得一提的事情。如果一定要说进展，那倒是有点儿像在看一幅风景画，画卷正在徐徐展开。

"一切正常。"欧冶老实说。

"正常？那就好。你作为男人，可要主动点儿哦。"

欧冶听了，心里暗笑。显然他很自信，认为自己对付女人有的是办法，哪里会欠缺主动呢。他一本正经地说："好啊，我会尽量主动点儿。"

"啊？这么说来，你真的很不主动啊？我告诉你，小周是一个外人很难捕捉到她内心活动的女生。别看她年纪不小，可是仍然单纯。她羞于与陌生人相处，你要让着点儿！看你在报社对女同事谦恭乃至冷淡的态度，是不是有点儿不谙男女之事？怪不得你这么大了还是单身！我真担心你会误事呢。"

哈，还不谙男女之事呢？欧冶没想到，青澜这个女人，看着社会经验丰富，居然会这么看待他。他暗自庆幸自己在来报社前事先早有预案。来报社前，听说报社女记者和女编辑不少，他早就想好了，到了报社后，他一定要约束好自己的不安分和各种妄想症。他年纪不小了，不能再被老板辞退。

当然，报社繁重的写作任务，也杜绝了他的非分之想。这里的女同事，个个名校毕业，人人才华横溢。所以呢，她们的一双秀目，全都长在脑门的上面，是很少愿意往下瞥一眼的。初来乍到，他为了保住饭碗，需要拼尽全力埋头写稿，才能勉强应付下来。等到熟悉了些工作的流程，掌握了些采访诀窍和写稿秘笈，可以稍微喘口气的时候，他才发现，周围各个层面的女同事虽然伶牙俐齿、先声夺人，不过有些人的容貌也仅仅是及格而已。从这一点看，上天还是公平的，给了你才华，就不一定给你容貌。这个发现，给他受伤的心，总算带来了些许的安慰。当然，美貌与才华兼备的女生，也不乏其人。幸亏他有远见，告诫自己要埋头工作，所以，他的只低头拉车不抬头问路的小黄牛形象渐渐得以形成。到了这时，想开荤玩笑，都没人搭理他了。

面对一众才女的冷淡与无视，他沉默良久，然后，自哀自怨地失落了好些日子。在荷尔蒙高涨时期，在无边的黑夜里，他暗自安抚和告诫自己，与女人相比饭碗更要紧。他不能再犯过去的毛病，绝对不能肆意在窝边吃草。在报社，他认识了一个朋友，也是一个跑外勤的记者。这个男记者，河南信阳人，比他小四五岁，叫陈有礼。陈有礼是个有想法的男人，为了泡妞，他花钱进健身房，想练一身的肌肉。他总是自豪地在欧冶面前撸起袖子，向他展示他圆润的三头肌。每逢高兴时，他甚至会撩起T恤衫，露出塌塌的肚皮，让欧冶伸手去摸他柔软的腹部。欧冶觉得他比较好笑的就是，他可以无视事实胡乱夸奖自己。"看！刻刀般的腹肌啊"，他经常这么说自己。这种荒唐的自恋，让欧冶有些鄙视他。到了后来，这人忘情的自夸，让欧冶终于感到了羞愧。对方的几番炫耀，让欧冶差一点儿动摇了，想追随他去练腹肌。到了这个阶段，欧冶不仅不会讥讽他，也不会再批评他自恋了。他开始欣赏这个男人，且幻想自己似乎与这个男人有某些相似之处呢。譬如，他们都秉持兔子不吃窝边草的做人原则，敢于清高地以兔子自居。这主要表现在，每次说到兔子，两个男人居然都会粲然一笑。那种心意相通的默契，让他很受用。欧冶与他一样，也是一个自视甚高的男人。既然他们均自诩为兔子，自诩为狡猾的兔子，那么，当然就不能不发挥一下文化人的强项了，文化人还能有什么特别的强项吗？最基本的，他懂得如何展开丰富的联想去构造一个想象中的世界。何谓兔子？中国历史上有成语曰：狡兔三窟。狡兔三窟的兔，狡兔三窟的窟。兔与窟，窟与兔。洞穴与动物，动物与居所。不管怎么说，这些蜂拥而至的杂乱念头，都是今后生活中的重要抓手。因此，欧冶每每遇见陈有礼，总会情不自禁地暗暗寻思，难道像这个男人一样的兔子，真的进化到了能够自我克制的境界吗？他自己当然是个例外，因为他不得不委曲求全，画地为牢，苟活于世。可是，他不相信陈有礼也会跟他一样，陈有礼是有追求的，他的追求有明确的女性目标。所以，每次遇到陈有礼，他都会抑制不住地去猜测他，这个狂放而有心计的男人真的宁愿垂涎三尺，眼睁睁看着身边秀色可餐的美女而饿死，也决不肯越雷池一步吗？

欧冶有自己解决问题的办法。从理论上来说，他私下认为聪明的兔子，要能扛枪出门打猎。这是他机警而理性的一面。当然，他完全没有想到，在后来，他遇上了陈有礼，他发现这个家伙，原来也是他的同类呢。陈有礼是个坦率的男人，明里暗里，他都奉行相似的原则，没有什么不好意思承认的。他俩就像铁轨，你铺到哪里，他也跟着铺到哪里。所以，铁轨都是两条同时出现，真是一点儿没错。欧冶真的很喜欢他这一点，也乐意跟着他"铺铁轨"。哈哈，正所谓，大路朝天，各走半边。通向罗马的路，果然不止一条。

当然，中国人另有说法。那说法好像是"殊途同归"？这就对了。还有一句老话，同样深得欧冶的心。那句老话就叫"物以类聚，人以群分"。第一句话，"殊途同归"，说明他们俩来自不同的地方；而这第二句话，"物以类聚，人以群分"，则说明他们必定会走到一起。古人真是充满智慧啊。天下大事，来来去去，都说得清楚。或许正是在这句名言的光辉照耀下，他们的确曾经多次相邀结伴出门采访。他们的采访很有意思，各司其职，各干其活。当采访结束后，他们便像两只嗅觉灵敏的动物一样，召唤着彼此。他们能够在第一时间警觉地辨识到对方的意图。就这么一来二去，便迅速察觉出了对方的核心爱好。两个臭味相投的人，很快便走到了一起。

有一天，陈有礼很好奇地问："哥！你的这个名字有什么来历吗？"欧冶迟疑地说："我的什么名字？"陈有礼说："你不是叫欧冶吗？难道还有别的名字？"他说："废话！我当然是叫欧冶呀，怎么了？"陈有礼嬉笑着说："好奇嘛！所以想问你，这是从出生就叫这个名字，还是后来你自己改的名字？"欧冶一脸疑惑地说："当然是出生以来就叫这个名字啊，是我的本名。我有什么必要改名字？"陈有礼高深莫测地笑了，说："名字取得好！哥，你不觉得，你这个名字很……很嗨吗？"他听了一愣，问："什么叫很嗨？"陈有礼扫视四周，低声说："你难道没看过欧美小电影吗？那些赤裸的艳星，高潮时喊的就是'噢耶！……'哈哈，是不是像正在叫你的名字？"他不怀好意地笑起来，脸上色眯眯的。

欧冶这才明白他的意思，推了他一把，埋怨说："不要这么流氓好不好？这么难听的话也说得出来？"

当然，这些插科打诨只是餐前小菜，无伤大雅，并不会真正影响到他们的关系。后来，由于无聊的日子实在多，所以，在各自完成采访任务后，他们经常隔空电话联系。然后，相约聚会，吃饭，饮酒，泡妞……

这样一些活动，只需小心规避报社的监督政策，就能够过上舒适惬意的情色生活。而报社的同行们，每天都瞅着他们匆匆来去，却不知这两个男人，早已各有自己的心头之好，沉浸在自己营造的快活窝里，尽享南国奢靡夜色下的声色犬马。

因此，从外部环境来看，欧冶，乃至陈有礼，他们基本给报社同仁留下的总是"不是在采访，就是在去采访的路上"的印象。的确，在实际生活中，他们的确是勤勉的，并且到处奔波，完成任务。可是，与此同时，他们也勤勉地忙着出门"打猎"。

不过，结识周怜幽之后，欧冶倒是有意疏远了陈有礼。

他和周怜幽年纪都不小了，周怜幽看上去很悠闲，可是他的工作很忙。他经常不得不从采访地火速赶到她约定的地点。即使这般附和，见面的时间仍然不多。后来，为了提高效率，在彼此见面后，他觉得各种暗地里隐晦的打听、询问和了解，都纯属浪费时间，若想了解对方，最好的办法，不是把一切情况都摆到桌面上来吗？当然，这样赤裸裸的谈话，近乎录口供，实在让人难以启齿，而且，还很容易使整个约会顾此失彼，招致不快。其实，关于交往，他自然是明白的，一个人与另外一个人，若想彼此深入了解下去，绝对不能相互质问或主动呈现"供词"。可是，他绞尽脑汁，无非只是想要寻捷径嘛！

那天，欧冶见过青澜姐后，回来便把见面的情况悉数讲给周怜幽听。他想要借助外力的帮助，让两个人走得近一点儿。所以，在描述的过程中，他还仔细转告了青澜姐对她的问候和关心。见周怜幽并未有什么明显的反应，他便添油加醋说了一些话，企图唤起周怜幽的注意。

"青澜还说了啥？"周怜幽果然好奇了，她问欧冶。

她还说了啥？欧冶脑子飞速运转，开始了不着边际的想象与编造。他说："对了！青澜姐说，我两不要把一部上好题材的小电影拍砸了，不要拍成一部小烂片。"

"啥？什么小烂片？"她吃惊地说。

"哈，她只是担心而已。当然，呃，当然……她这个比喻，确实也不够含蓄。"

欧冶有些尴尬。夸张过度，结果就会耸人听闻。他的一个弱点是，说到高兴时，往往信口开河，导致覆水难收。

"青澜姐，可能喜欢看电影，所以才这样比喻。"他迟疑地说，"不过，在我们报社，青澜姐是首屈一指的大才女，她写的文章有观点，有高度，总是发头条。也许她喜欢用大格局的眼光，来看待我们之间的关系。"

"您太逗了，怎么可以这样调侃您的领导呀。"周怜幽说。

"她担心拍成烂片嘛。你看，她有意思吧？当然，她也许在想，我们是不是可以拍成一部名片？"他又忍不住信口开河了。

"名片？"

"观众看了感动，甚至落泪。"

"这有什么好？那岂不是悲剧了？"

"啊？这个怪我！是我错了。呃，你说得对！怎么也应该是一部喜剧才好。"欧冶心里叫苦不迭。

"嘻嘻，这些话，都是您瞎编的吧。"周怜幽看着他，笑了起来。

唉，果然是个聪明的女人。到底被她一眼便看穿了。他忽然有些沮丧，变得怏怏不乐起来。

真的，两个人待在一起，到底说些什么才好呢？这会儿，他不仅沮丧，并且，竟然还有点儿不知所措了。

周怜幽看他心神不定的样子，就自顾自说："呃，青澜姐……她是个有想法的人嘛。我在想，假如她有想法，也一定会是期望我们之间的相处能够像拍电影那样有趣才好，是不是？当然，若真像拍电影，要相处得既有意思，又冲突不断，还要引人入胜……这个，恐怕我们两个菜鸟，也完全无法适应，是不是？哈哈。"

"啊？"听见她这样说，他才缓过神来，朝她嘿嘿一笑。是的，这似乎真的是一个善解人意的女人哩。她能够接着别人的话题，不让场面冷下来。而且，她的语速缓慢，吐字清晰，意思明确，话题也不闷，而且还有趣味。真的，倘若像她说的那样，真要拍一部两人电影，大家是不是立刻就会变得尴尬无比？而她，或许能够应付。可他自己呢，脸皮虽然够厚，却完全没有经验，更没有把握做好这件事。

自然，这些都是笑谈。可是，说者有意，听者也要有心才好。他倒是有心，却无法接上她的话。这就要命了。

果然，周怜幽见他无话，也不由得有些讪讪然。

这细微的表情，自然没有逃过他的眼睛。可是，到底说什么才好？他想了想，便说道："其实，两个完全陌生的男女，要在一起演戏，当然很尴尬。不过，我猜想，青澜姐不过是开玩笑而已。她的主观意思，还是想让我们相处融洽。"

"相处融洽？"她跟着说了一句，仿佛在思忖，他到底是什么意思。

不过，或许她突然想起什么好笑的事情，说道："啊！对了……您看您！刚才，您说到青澜姐，似乎找到救星一般。或许，青澜姐有意偏袒你呢。"

"哈，怎么会？青澜姐一直夸奖你呢。"他终于说了一句合适的话，脸上有了笑意。

"事实是，青澜姐在我跟前说了您太多好话。"她含笑说。

真的吗？欧冶听了这样的话语，顿时有了信心。一方面，他忽然意识到，与眼前的这个女人相处，其实可以不那么担心，因为他有重要人物的支持。当然，另一方面来说，现在不是一切才刚刚开始吗？他无须忐忑，无须谨慎，无须过度小心翼翼。

现在看来，青澜姐真是信任他们俩。如果说，青澜姐信任眼前的这个女人，那是肯定的，起码她们早就是朋友了。而信任他，他有点儿问心有愧。真的，他不是太明白自己哪一点曾经打动过青澜姐。难道是当时来到这家报社自己所扮演的埋头苦干角色？

正在思忖中，周怜幽忽然满面笑容地说："哎，我想起一件好笑的事……您有没有觉得，我们两个人……是否很像青澜姐安排的一场游戏？您看，我们就像是两头互不相干的梅花鹿，被青澜姐莫名其妙地放到了同一个动物园来。我在猜想，青澜姐她一定是非常兴奋的，她想看看这两头梅花鹿，到底是打起来了呢，还是吵架了？嘻嘻。"

吵架？哈，怎么会呢。他本想说，就算打死我，也不可能跟你吵架啊，更不可能打架。可是，他看见对方兴高采烈的模样，有些纳闷起来。这个女人怎么想的？她希望我俩都变成动物吗？不，我才不是动物呢，更不可能是梅花鹿。即便是她，也不可能是梅花鹿。她的确是有些漂亮，可是他，从未把她跟梅花鹿联系在一起。

"您说，是不是这样的？"她一直在忍住笑。

"这个……"他支支吾吾地，脸上露出一副无法理解的神情，无奈地说，"当然不会是了，我们怎么会吵架或打架呢？"

"哈，据我所知，在这个世界上，一个男人若跟一个女人在一起，开始的一切当然都好啊，彼此吸引，投入，有趣，惦记，融洽……两个人什么都愿意迎合对方……可是，到了后来……你看，那些谈完恋爱的人，那些结了婚的人……哪个家庭到最后不是又吵又闹？哪个家庭不是从拥抱开始，到打架结束的？"她笑吟吟地说。

"不会吧。"他非常吃惊，没有想到她会这样说。

"当然不会啦！我是跟您开玩笑的。不过呢，我也有话要问您，我们两个，在一起的话，您认为，什么东西才是最重要的？"她又问他。

啊？这样一个问题，不难，可是也不容易回答。不过，应该怎样回答她，才不显得唐突、无理、漫不经心？怎样的回答，才会让她听了完全满意？想到这里，他顿时紧张起来。仔细想来，这其实并不是一个好回答的问题。他的大脑，迅速扫描了心里冒出来的若干个答案。

"这问题，可真难回答啊。"

"也还好啦。"

"若要我说，我会想说，两个人在一起，最重要的，也许……是'感觉'？"他试探着说。

"您说什么？"

"我是想说，一个女人如果跟一个男人在一起，最重要的，是不是感觉要好，才是先决条件？"他有些迟疑地说。

"哈哈，您这个人……蛮有意思的嘛。感觉……呃，这样的回答，也没有错，是不是？的确，感觉很重要，您也可以说，那是重要的，也许是最重要的。"

他擦了擦额头上的冷汗。你瞧，她说，那是重要的，不仅如此，她还说，那可能是最重要的。老天！跟女人谈感觉……他感到脑袋要爆炸了。唉，这么个问题，虽然简单，可是真要回答好，却不容易啊。关于感觉……真是可繁可简。繁杂的回答，很难说好它。而简洁的回答呢，也难以选准词汇。最关键的是，要跟一个女人谈感觉，那可能就是这个世界上最冒险的事了。

眼下，他觉得自己是在冒险，是在通过封锁线。真的，跟女人谈感觉，他的触角、知觉和直觉，还有什么心灵感应，都是远远不够的。倘若词不达意，就很容易掉进陷阱。什么叫感觉？这貌似最平常、最平淡、最无趣的字眼，却有如哲学一样深奥，因为，感觉是无从谈起的。在女人那里，感觉就是一张虚无的大网，可以把什么东西都网住。而如果你没有足够的能力或才华，把那些被网住的东西一一解释明白，那就纯属自讨苦吃。

想到这些，他不由得暗自心惊肉跳。是啊，他仿佛掉进了一张自己编织的罗网。唉，幸亏有青澜的存在。倘若不是因为青澜姐的加持，他与眼前这个女人的关系肯定要脆弱得多。坦率地说，因为青澜姐的力荐，他才获得眼前这个美人儿有限的认可与信赖。不，他甚至不敢随便使用"认可"或"信赖"这样的词汇。不过，后来情况还好。接下来发生的一切，或许能够证明她是宽容的，是愿意以诚相待的。

6

多年前的那个春天，天气有些暖。那年，正值花季少女的周怜幽，刚过了十六岁的生日，便一个人登上了南下的列车，一路南行。坐渡轮过琼州海峡时，她既好奇又兴奋地站在船舷旁，看波涛汹涌的辽阔海峡。那是她一生中第一次看见大海。到了海口，她买了一张汽车票，径直去到了三亚，传说中的"天涯海角"就在那边。到了三亚，她还真的看到了"天涯海角"。"天涯海角"这个名称，以前她只在书上读到过。独自一个人跑到三亚，还遇见了真正的"天涯海角"，她既兴奋又吃惊，兀自叹息不已。在三亚，那个闷热的夏天，频繁刮着台风，她人生地不熟，吃了很多苦。而且，那时她年纪真的很小，一个北方来的小姑娘，在海南岛干过各种杂活儿、小工。遭遇过各种抢劫和欺负，经受过各种担惊受怕。她甚至还混迹于小餐馆，并且，还在那些逼仄的小苍蝇馆子里做过女服务员。

欧冶感叹她竟然还有这样多的经历。也就在那个时刻，欧冶忽然对她怎么考上大学和研究生感到非常好奇。他的脑子转得很快，顷刻之间便将这两者联系了起来。原来她竟然还曾是一个餐馆服务员。他非常吃惊，吃惊加好奇。所以，他首先冒出来的疑问便是，她的大学是怎么考上的呢？还有，青澜姐不是说她还是研究生嘛，她的研究生又是怎么考上的？这些几近传奇的故事，听上去不啻是一部人生励志大片呀！像这种非凡的进取精神，即使在深圳这样遍地奇迹的地方，这也是他听到的，最让人瞠目结舌的"人生三级跳远"。

"喔，您对我上大学感兴趣？"她的脸微微泛红。

"是有一点儿……哎，对了，我……我怎么突然觉得……我以前在哪里见过你？"

他突然有些结巴起来。

没错，这个时刻，在他的脑子里，又迅速飘闪过一个念头。这个念头，迅速覆盖了他刚才的疑问，显然，有更重要的东西，吸引了他的注意。

　　欧冶是那种脑子转得特别快的人。或者说，他的脑子非常飘忽。年轻而活跃的大脑，时不时就会冒出一些奇思异想来。此刻的他，并没有什么阴谋，也没有去想这个女人有什么阴谋。他的质疑，是真诚的，只是觉得好奇。从这点看，他还算单纯。他也不会想以一种让人讨厌的老式搭讪，来油腻地拉近关系。现在，他真的想起了一个人，想起了一个女生。咦？这个周怜幽，怎么越看越像自己早年遇见过的一个女生？

　　在周怜幽平静地叙述往事时，欧冶偶尔会有一种异样的熟悉感存在。他觉得她似曾相识，又不无陌生感。来深圳十几年了，他喜欢这个城市。他喜欢这里的自由、冷漠、踏实。当你怀里揣着几个钱时，这里是天堂。当你一贫如洗，这里便是地狱。每一个来深圳的人，或许都经历过冰火两重天的遭遇。而周怜幽所曾有过的种种不幸，艰辛与挣扎，不管是在海南，还是在深圳，在现在的他听来，都具有一种亲切的慰藉和会心的释怀。当她诉说当年在海南岛或深圳的各种困苦、艰难、挫折和失败时，他立刻联想到自己早年来深圳的困顿与不堪。他意识到，这是所有来深圳的年轻人共同的磨难。历史给了很多年轻人同样的命运走向。痛苦的经历，能锻炼人，也能糟蹋人。而另一方面呢，偶尔确实也能拉近彼此的关系。就是刚才这一点，才迅速让他想起了一个女人，他最初来深圳认识的一个女人。

　　欧冶端详着她，他不止一次这么看她了。起先是肥厚的朱唇，后来则是她天真无邪的眼睛。在他的词典里，有一些奇怪的辞藻，因为有些下流，现在的他不敢擅自使用。而她总是被他看得不好意思，偶尔也会嗔怪他的目光过于任性和放肆。可是，这次不一样了，这次，拨开想象的迷雾，欧冶相信，眼前的这个女子，一定是他初来深圳认识的那个女孩。

不幸的是，他忘记了她的名字。他只记得，在那个年代，那会儿的人们说话不像现在这么矫揉造作，一口一个"女生"（不管她年纪多大），那会儿，他们亲切地喊陌生女孩为小姐（不是后来的特殊意味）。现在，他愿意相信眼前的这个她，就是他曾经认识的那个她，原因之一，便是她那清秀的眉宇间，那一双清潭般的眼睛。

怪不得，过去他一直为她着迷呢。原来，原因是在这里……

回想起来，当年来深圳的年轻大学生，真是太多了。用一句世俗的话来说，多如过江之鲫。而他，也是那时候来的。那一年，他大学刚毕业，在尤利西斯大酒店的宴会厅，第一次遇见了她。

她们很像。他记得，当年的那个她，是在福田住。而他刚入住罗湖的黄贝岭村一栋农民房。他到一家五星级国际大酒店，参加一家建筑涂料公司的产品推广会，会上推广的，是一种最新研发的白色乳胶漆。

周怜幽的外貌，现在看，真像她。尤其是那丰满的嘴唇。唯一的变化就是，她开始有点儿皱纹了……不过，眼睛却依然那么干净，像是从来没有看过脏东西。

"什么？您是在说，您过去认识我？"通过他的唠唠叨叨，她好不容易才明白过来，不禁有些惊讶。

"在福田区的尤利西斯大酒店……你还记得吗？那时候你还不到二十岁，过去……你过去不叫周怜幽，对不对？"

"那我该叫什么名字？"

"嗯，你过去……你过去应该就叫周幽（或者周游），对不对？"他热切地问，期望她能点头。

"您的意思是说，我过去叫周幽，所以，现在就叫周怜幽？"她捂嘴笑了起来。

"可不是吗？"

他记得，那个年头，不知道是出于什么考虑，有些女孩喜欢频繁地乱改自己的名字。他当时也很好奇，女人原来是这样的啊。后来才发现，有些男人也是这样的。他们来到一个新的城市，想要刻意把自己的过去藏起来，首先便是换个名字，不让别人看到他们的真面目。

"怎么可能呢？你以为，一个人的名字，也跟她的年纪一样？年纪大一点儿，名字就加一个字？如果是这样，那再过几年，我的名字，不得变成四个字，成日本人了？"周怜幽好奇地说。

"哈，你真逗……"

"什么我真逗，您才真逗呢。"她有些生气了。

"好吧……难道，会是我认错了人？"欧冶委顿下来说。

"什么叫认错了人？"

"怎么说呢，我觉得，你真的很像我当年认识的一个女性朋友。"欧冶睁着眼睛，努力看着她，像是想要去寻找往日熟悉的痕迹。

"您这个傻瓜！真要是相处过的男女，难道还会不记得彼此的模样吗？"她叹息道。

"我不能肯定说'相处过'，但是那女生（也许是你），真的，她曾经深深地打动过我。"他的声音渐渐变小了，到了后来，变得有些嗫嚅。

"怎么会是我？不可能！不可能的。我从未认识过您这样的男人。"

不可能？啊，她如此坚决地否认，也许确实不是她。当然，也许她说的也对。那一年，他心仪的那位女生，他其实并不是很熟悉。在当年，最多只是面对面说过几句话而已。或者，帮她张罗过会议现场。那个年纪的他，骨子里还是个胆怯的大男孩，羞涩，好幻想，容易冲动。面对心仪的女生，他通常会紧张、不安与羞涩。倘若春风不来帮忙，滚烫的话永远传递不到她的耳畔。

"哈，我明白了。您是想说多年前，曾经有一个女孩打动过您……"

不仅如此……他想描述一番当年的感受。毫无疑问，他被那个女生深深吸引过，以至于美好的记忆至今仍然挥之不去。他还记得，当年，他疯狂的心跳，许多不切实际的妄想，呆傻笨的举止……那些轻易被荷尔蒙推向高潮的青春时代啊。话到嘴边，他停了下来。不合适了，显然不合适了。尤其是现在，不合适了。看她冷静地、一动不动地含笑瞧着他，他知道，这种交织着错乱情绪的话语，她是不会相信的。或者，即使她相信了，她也决不肯承认会是她。更糟糕的是，假如她真信了，会不会对他现在的动机产生怀疑？权衡轻重之后，他放弃了这种不顾一切冒死求证的愚蠢念头。是的，一不小心……作为男人，他一不小心，就容易变得愚蠢。

"你也许是对的。"他想替自己打个圆场，找台阶下，又说，"或许，我产生了幻觉？唉！老了，记忆力真不行了。"

周怜幽看着他，抿着嘴在笑。

"不是的，您怎么会老？您还年轻着呢。依我看，您现在才好！因为，您现在才真正显示了您的幽默感。哈，产生幻觉！您真是太有趣了。"

幻觉？那才不是幻觉！否则，一切为什么想起来那么逼真？他还想辩解，他想说，即便那真是幻觉，可是，有谁的幻觉能够持续十几年的时间呢？他相信那种幻觉曾经是真切的现实。只可惜，他当时没有牢牢抓住她。

真的，就她现在的神态和口气，也像极了他记忆中的那个女生，冷静，温柔，魅惑，还有性感……正因为是如此相像，所以，他才仿佛坠入一种梦境。在那虚拟之境，他遇见了一个清纯气质的她。在回忆中，那个年轻的女生带着张扬的青春气息，就那么安静微笑地站着，站在不可企及之处。那时，他深深被她的干净、天真、可爱和热情……吸引了。呵，那么多优点！他曾经一直想要走过去，想要过去嗅一嗅她清雅的体香，可是他迈不开腿；他的心紧张得要跳出来了，可是他说不出话；他就那么眼睁睁地看着她轻盈地走过广场，一袭飘逸的花裙，带走了他全部的幻想。

那些年，从全国各地，四面八方涌进深圳来的年轻女孩子真多。那么多前赴后继涌进深圳的年轻女生，让城市以惊人的速度膨胀起来。可是，那么多人……那么多的年轻女孩，他好像只认识她一个，只记得她一个。在最初苏醒的青春里，他有了第一次心灵的悸动。那次摄人魂魄的遇见，成了他念念不忘的擦肩而过。

后来，他不甘心就这么轻易失去了她。他打听到她去了东莞，便几次搭车去东莞，还去了附近的几个镇，寮步镇、常平镇、大岭山镇……他去寻找她，寻找那个像高中生一样热情且有着火辣厚唇的女生。结果，当然是杳无音信。

再后来，他遇到了更多的女人，她们跟她都有些不一样。再后来，慢慢地他也变了，他不再是初次遇见她时的那个乳臭未干的单纯男生了。

第二章 意外之恙

1

随着时间的推移，相识日久，他们俩的见面，不知不觉就像岔流一样，绕过田野和山丘，慢慢地又汇集到了同一个地方。说起来，那地方也很普通，位于深圳大剧院附近，就在东西走向的红荔路上，是临街的一家小茶馆。

从最初西餐厅的用餐，到购物中心的逛街，再到后来荔枝公园的漫步，直到现在，他们见面的画风才开始发生变化。这种变化，缘于周怜幽某种心理上的改变。她认为，两个人彼此相对熟悉后，应该寻求稍微安定一点儿的处所。这个城市太大，经常变换地点不符合她的习惯。在内心深处，她也不是很喜欢到处漫无目标地闲逛。也许，这话应该这么说，当年初来深圳时，她倒是特别中意这座炎热的海滨城市的。年轻时，她喜欢出门，喜欢逛街，喜欢贪婪地、不用花费地观看街上、购物中心和地铁里各式各样新潮女人的流行时装与打扮。那时，她就像一只扇动翅膀一头扑进漫山遍野鲜花丛中的小蜜蜂，肆意徜徉。她用了全部的青春激情，去拥抱、欣赏和赞美这个城市各种时令背后的裙裾飞扬与少年意气。那个年纪的她，感觉到周围连空气都是飞扬跳扈的。可是，到了后来，她终于感觉累了。她能够体会什么叫作疲惫不堪了。当然，或许观赏与投入的过程，便是她努力将自己融入这个城市的过程。最后，她由飞翔的蜜蜂幻化成了矜持的花朵。在完成这样一个转变后，她的心态像蓬勃顽强的箭杜鹃一样生机勃发，到处炫耀自己的美丽。所以，到了后来，她开始意识到自己年轻的躯体堪比盛开的鲜花，凭青翠鲜艳便能够吸引无数的目光。这时，她才完成了与一座陌生城市的对接与融合。这个时候，她才发现自己迫切需要休养生息。因此，到现在，即便是在约会，她也并不乐意每次去更换不同的餐馆或者咖啡馆。在内心深处，她要以主人公的坚定姿态，来安排和执掌自己的新生活。她已然是这座城市里走向成功的女人。基于这样的固执念头，鬼使神差地，在某一日，她竟然忘乎所以地将欧冶带到了这家让她内心感觉安定的小茶馆。

小茶馆并不特指小，而是无以名之。它不像其他茶馆那样，开在安静的街边或者城乡接合部。这家茶馆，它的门廊在市中心的一幢大楼首层的转角。门廊进去是接待大厅，迎面而来的是鲜花店。这家鲜花店，规模不小，有一个名字，唤作金蔓花业旗舰店。金蔓花业？欧冶似乎听说过这家花店。喔，对了，周怜幽不就是在这家公司工作吗？她不就是这家公司的职员吗？欧冶后来专门去了解过金蔓花业。实际上，它是深圳的一家连锁花店，虽然不能说规模庞大，可是数量也不算少。你可以在大街小巷，到处看到它独树一帜的鲜花标志。过去，这家鲜花店总是开在社区书店的附近，每间社区书店旁边，必有一间金蔓花业的鲜花小店，仿佛肯德基与麦当劳也总是比邻而居，犹如兄弟一般。可是，近年来，书店纷纷凋敝、倒闭，只有金蔓花业依然"盛开"，一枝独秀。鲜花总是惹人喜爱的，每天自产或从云贵高原空运而来的各种鲜花，构成这个蓬勃场景的万千气象。新枝吐翠，鲜花怒放。沿着花影缤纷的花径款款走过，自有一种芬芳的迷人气场。若造访小茶馆，便要走过这样一段曲折小径，从一片浓郁香氛中，抵达一扇被鲜花掩映的电梯门前。而当电梯静谧地洞开，一位鲜花女郎在微笑着迎接客人的到来。走进去轻轻地按下那按钮，便看见红色的数字在往上轻跳，待到出现"3"字样，便是这家神秘的小茶馆了。

楼上的小茶馆，虽然号称小茶馆，可是占地面积并不小。小茶馆的门庭之上，那横楣处，倒是挂着一面匾额，不过呢，只是用绿漆简单写了三个字：小茶馆。后来他才得知，这名称还是在一位名叫荷慧的女经理的强烈要求下才挂上的。它的随意，好像无言地告诉着你，爱看不看。若有意，您请进；若无意，请自便。

欧冶头一次来这家小茶馆的时候，还真被它的冷漠与淡然唬住了。他立于门前，情不自禁地迟疑了片刻。作为一名记者，他去过的茶馆也不在少数。他知道，在深圳，还没有人敢这么肆无忌惮，敷衍地给茶馆题名吧。单单写一个"小"字就可以了？难道这家茶馆的店主，是一个毫无追求之辈吗？六年前，欧冶短暂地在广州打过半年的工。他替一家外资企业跑腿。广州是有历史积淀的古老城市。在广州有好名字的茶馆，令人喜爱的茶馆，皆不胜枚举，著名的有同庆堂、紫缘轩、雅韵轩等，花榭楼台，雅室幽香，各擅其胜。此处与之相比，虽不可同日而语，却也不必如此自弃呢。他跟着周怜幽漫步来到右侧一室，室内窗明几净，厚重的窗帘，优雅地垂悬于宽大的窗户两侧。房内香雾弥漫，空中隐隐约约像是撒了植物的幽香。

墙角立着一个梨木的花架，上面是一盆枝叶青翠的兰花。

　　一台古旧的红木茶盘置于中央，围绕着一色的旧家具，全是从各处搜集来的明清旧椅。虽有些斑驳，融进了时光的伤痕，却打理得干干净净，任凭客人们品茗闲聊。

　　如此风格殊异的场所，令欧冶颇为惊诧。平常他的行程和时间，总是紧张而忙碌，很多时候，他感觉自己无论到了哪里，都像是黄昏时分掠水而飞的蜻蜓，无法安静地停在碧水荡漾的枝头。而此刻，更是如此。他有些忐忑不安，几次用目光搜寻屋内各处，看看是否有桌椅可以使用。他的背包里，收着一台戴尔笔记本电脑，那是他吃饭的家伙。现在，他的手头有一篇急稿需要马上写好。

　　可是，这是他第一次跟着周怜幽来到这种幽静且雅致的场所。他骤然的感受是，时间仿佛凝固了。

　　他有点儿手足无措，正在想自己要先坐下来喝茶还是应该先去写完自己的新闻稿呢。

　　迎接周怜幽的，是位肤色白皙的女人，干练得体，笑容可掬，透着一股精明。她看见欧冶进来，就满脸堆笑跟他打招呼。然后，欧冶发现这个女人一直盯着自己看。他不好意思地撩了一下圆脑袋跟前散乱的头发，小心地按了按，仿佛想让头发听话似的回位。他对这种干练聪慧的女人心有余悸，当年，他曾经栽倒在一位强势的湖北女生手里。当然，现在的他，早已抚平了创伤，内心变得麻木起来。或许，他亦练就了一种本能，知道危险在哪里。这些曲折，如今暂且按下不表。此刻，他乖巧地挨着周怜幽坐下来。先看看情况吧。眼前的这个女人，看上去年轻而世故，她身着绿旗袍，步伐摇曳，嘴巴很甜，一口一个怜幽妹妹地叫着。

　　待大家坐定，欧冶知道了她是小茶馆的经理，大名叫荷慧。

周怜幽发现了他的不安，就问他："您是不是有事？"

他如实禀告说："嗯，是的。很抱歉啊。我……我还有一篇稿子没有写完。"

周怜幽就对那白肤女人说："荷慧，你替他找个房间，让他写完他的采访。"

欧冶顿觉不好意思，他忐忑地说："太感谢了啊。"

他告诉周怜幽，现在的他，早已锻炼成新闻写作的熟练工人了。他就是报社的一个民工。到了隔壁不远处的那个房间之后，只用了不到半个小时，他便草草地写好了那篇通稿。当然，之所以迅速，原因很简单，所采访的企业早就提供了一份标准的通稿，内容面面俱到。还有一个装有500元车马费的信封。他只需将所获的通稿，酌情做一些修改，不要漏掉重要的信息，就过关了。这样，他就能很快发回给报社的值班编辑。

当他回到茶室，他忽然觉得，世界变得宽敞了，明亮了，也温情了许多。有那么一种感觉，仿佛许久以来，他才第一次看清楚，对面坐着饮茶的这位周怜幽。

他发现了这女人的另一种面目。或者说，是他对她的另一种感觉。这会儿，他敏感地意识到，眼前的这个女人，明媚，还有由明媚而生的一种光彩。她的微笑、沉静、自信，甚至还隐含着一种力量。

为什么呢？刚才发生了什么吗？他很惊诧自己的新发现。

这个时候，他仿佛突然意识到，女人的美，原来是可以变化的。他很疑惑。一个安静的女人，有时候竟能给人足够强大的力量。

从周怜幽对待荷慧的态度，他看出了她们之间的关系。

恒星与行星的关系。

太阳与地球的关系。

　　该怎么去判断她们的关系呢？周怜幽是客人，荷慧是店主？哈哈，顾客是上帝？好像不完全是这样的感觉呢。

　　荷慧是这里的经理。这是刚才周怜幽告诉他的。

　　他看见周怜幽与荷慧低语，看见她吩咐荷慧做这做那……

　　也许在荷慧面前，周怜幽是财大气粗的客户？

　　可是，感觉也不像。她们关系好着呢，又超出了店主或经理与客户的关系。她们亲热地相处，稍微年长一点儿的荷慧竟然肆无忌惮亲热地喊着"怜幽妹妹"……那柔媚的口吻，又不是一个普通的茶馆经理应该有的。

　　他似乎听出来了，那甜蜜的声音里面，包含着一丝特有的甜腻和恭敬。

　　现在，他又蓦然发现了一个新的现象。在他走开写稿的这段时间里，她们跟前的大茶几上，竟然像变戏法一样，置放了满满的一桌热气腾腾的饭菜，而且，全部是用一色漂亮典雅的青花瓷餐具来盛装。菜虽然数量不多，可是搭配却很好看，清蒸鱼、白切鸡、炒桑叶、墨鱼饼，还有几盅鸡骨草排骨汤。

　　哎，这里刚才不还是茶馆吗，现在怎么居然变成了餐馆？

　　这是他第一次来小茶馆的印象。后来，跟随周怜幽又来了很多次。欧冶惊奇地发现，不知怎的，他头一次喝茶、吃饭的那个房间，总是虚席以待。不仅虚席以待，而且还总是那么干净、明亮，仿佛刚刚打扫完毕——正在恭候着某位贵宾的光临。

　　这间茶室，难道是专为守候怜幽的到来而留的吗？

　　这些东西，都让他疑惑。他许多次想问周怜幽，可是等到打算张嘴问她的时候，又不知道自己到底应该问什么。他内心一直保留着某些挥之不去的疑虑。是的，他好像永远无法看清楚自己跟前的这个女人。倘若一定要说外表，一定要说她的变化，那么，她与他之前所见到的她，似乎又有了些新的不同。现在的她，好像更开心了，那天台风"白马"来了，天空正下着瓢泼豪雨，而她仿佛兴高采烈。

　　总之，在他眼里，现在的她变成了一个奇怪的女人。

　　为什么在这里吃饭呢？他的眼睛仿佛出卖了他。而且因为惊奇，他额前的三根飘逸的头发，总是跟随荷慧走来走去的方向不停地飘动。

　　"我不想去外面吃饭，是因为我想要有一个家的感觉。"她对他轻声说。

　　"家？"他摇晃着圆脑袋问。

　　她温柔地告诉他："您不是一直问我，为什么不愿意去外面吃饭吗？我不知道怎么回答您。现在，我觉得，我可以告诉您我的这个答案。"

　　"还有……答案？"

　　"嗯，也算是我的想法。"

　　"你是觉得，在这里吃饭，就有了家的感觉吗？"他终于如梦初醒，找到了感觉。

　　她莞尔一笑，继续说："在这里吃饭？喔，那倒不完全是。我是想说，在这里吃饭不完全有家的感觉。不过嘛，毕竟我比较熟悉这里的一切。而且，这里的所有东西，都是我看着一件一件添置起来的。一个人一旦投入去做过某件事，就容易产生感情。说起来，真的不好意思。其实，我不过是想说，很多时候，像我这样的单身女人，真想要的只是一个家。至少要有家的感觉。有时候，您想，如果您……如果您独自一个人孤零零地呆坐在家，就会感觉怎么都不对劲。一个人，该多孤单啊？在古代，不是也要养一头猪，才能够支撑起一个家来吗？这就是'家'字的来历。不过，现在的我们，都住在城里，到哪里去养猪啊。"她说着就笑了起来。

他似乎明白了她的想法。嗯，她刚才说的好像就是她的想法。他总是走神，现在不能再走神了。他才明白了她的想法。对，她是个女人，她特别需要一个家。一个养猪的家……啊，不是，她只是说，古人把养猪当成家的象征之一。他就想，自己如果结婚了，会不会也变成一头懒惰的猪呢。他端详着她，发现她还真的又有了变化，又有了新的变化。初识她时，她的眼光是迷离的，心神是飘忽的，仿佛不知道身处何地。现在呢，她好像又找到了自己的位置，就像找到了安全感一样，找到了自己应该待的位置，找到了令自己欢喜的地方。自从认识她以来，他总会想起一句俗语来——天上的云，女人的脸，说变就变。有那么一段时间，他一直小心翼翼地在揣摩着她的脸。他要从那些阴晴变化当中，看出他与她的未来。这是一个要命的难题，可是他还是必须去做这道题。相比什么都能给他提供，能够有一张可供阅读的女人的脸，已经好很多了。是的，他一直想要读出脸背后的变化来。他一直无从追踪她，更无法把握她。现在好了，现在起码她的脸明朗了，这是晴天的象征。一切会好起来的。

当然，虽然晴天来临，他也曾发现过，那张晴天面孔背后，经常也会出现瞬间的忧伤，莫名其妙的悲戚和骤然降临的冷漠，仿佛电影特写的切换。这是他最无法理解的事。最让他担心的是，他害怕她的冷漠，倘若叠加忧伤，就更有杀伤力了。她的忧伤冷漠，犹如冬天冰冷的海水漫过来，顿时就裹挟了她。

那个时候，甚至是他，也能够感觉到她的寒冷，不寒而栗。

他太过于关注她的情绪变化了。一直以来，好像忘了留意她的衣着，他似乎只能在回忆中搜寻。她好像总是身着一袭长裙，偶尔是牛仔裤配白T恤或黑色的T恤。偶尔是衬衣。衬衣嘛，她喜欢纯色。偶尔是黑色，偶尔是深灰，偶尔是白色。

温柔的脸庞。丰润的胸脯。乖顺的黑发。

他暗暗谴责自己的健忘。

2

周怜幽呢，此刻的她，对待欧冶的态度，也产生了奇妙的变化。此刻的周怜幽仿佛第一次，仿佛重新来过一遍，她要更用心来留意或观察欧冶。在她的印象里，这个青澜姐嘴里推崇的才子，好像一直怀才不遇，有些玩世不恭。在她看来，这个男人谦卑又不甘，每天总是忙忙碌碌，却又不知道他到底在忙什么。虽说平时总是谨小慎微，可是有时候也会使小性子，好像别人欠了他什么。

不过，总体来说，她还是能够接受他的。深圳这个城市，是每一个寻找自己命运的年轻人的试金石。在这里，不受点儿委屈，不受点儿挫折，不遭遇一些失败，那是不可能的。没有一只不曾受过伤害的鸟儿能够振翅寻找到属于自己的自由。辽阔的蓝天，是为那些有理想的鸟儿存在的。在这里，她能接受男人们的那些失落感、失败感乃至屈辱感，她能够体谅他们。有时，她甚至会想要去安慰他。

带他过来小茶馆吃饭，可以视为对他的一种抚慰，也算是增添一种信任。

欧冶自然不清楚这些。他所看到的是一些变化。而这种变化是不动声色、潜移默化的。他要自己去寻找那些来由或源头。譬如来小茶馆就是一桩。他打量着这家小茶馆的不同寻常，感觉到这小茶馆的老板或老板娘，好像并不介意自己的茶馆生意的好坏。

荷慧一直陪着周怜幽，像贴心的姐姐。现在，她对周怜幽开玩笑地说："好嘛，你们现在不泡公园了？也不去咖啡馆、餐馆、博物馆、展览馆、美术馆了？哈哈，那么，这是不是意味着你们的第一阶段的约会结束了？"

欧冶没听明白，什么叫作第一阶段？

周怜幽嗔骂着荷慧："荷慧，你胡说什么呀？哪有什么第一阶段？"

荷慧转过脸，对欧冶说："我听怜幽妹妹说，欧先生您也是很早就来深圳了，有没有经历过泡公园，遭遇检查特区边防证的糗事？"

原来是这档子事啊。掐指一算，那个年代早已远去。时间过得真快。欧冶想起自己的一些往事，那一年，他和一个云南保山来的女孩夏煦吃过晚餐后躲在中心公园的树丛下拍拖。他们聊得很忘情，却忘记自己没带身份证件，他还真的差点儿被福田区联防队员和警察送到东莞的樟木头去了。那些年里，传说樟木头镇有一个收容站，专门收那些无证进入特区的人员。在奔赴特区寻找前程的年轻人眼里，樟木头是一个不祥的存在，没有人愿意跟它搭上关系。好在夏煦聪明伶俐，能说会道，竟凭一番花言巧语，就让联防队员放了人。

欧冶尴尬地笑了笑，那也算是一段不光彩的历史。精明的荷慧看在眼里，不过，她知道现在不适合让欧冶为难，于是就赶紧说："我们怜幽就不怕这些，她有深圳的身份证件，可是却没有遇上合适的伴，好让别人来检查证件啊。"

"看你又胡说了。我哪有这种事发生？"

"哈哈，是表扬你没有嘛。要不，我怎么会这么敬佩你？"荷慧瞥了一眼欧冶，笑着说。

周怜幽听了，也笑了起来。她今天穿了一件淡绿色的套装，与她过往的风格、扮相完全不同。这身衣裳是进口布料，细腻，挺括，美观，素雅，还有干净。漆黑的头发，也扎了一个漂亮发髻，看起来有一种典雅的意味。

茶台上的饭菜，她像往常一样，也只吃了一点点，就放下了碗筷。荷慧见状，替她倒了一杯刚泡好的正山小种，她呷了一口，仿佛想起什么，说："虽说时间过去那么久了，可是年轻时候的那些事，好像就在昨天一样。"

"要不，你就说说？"荷慧挑逗她。

"哈，又想打听我的秘密？"她一边说，一边却看着欧冶。

"欧先生，您看！好机会来了……快点儿过来，让我们搬来小板凳，坐下来，听怜幽妹妹痛说革命家史。"荷慧笑着说。

欧冶也笑了起来，看周怜幽的眼神，她知道了他想打听她的秘密。怎么会这样？是不是自己的神情出卖了自己？真是的，难道做记者的毛病又犯了？这样可不好。

"我发誓，我没想打听你啊。当然，如果你愿意讲……"欧冶说。

"那您为什么不坦白一下您的过去呢？"周怜幽问。

"我？我哪有什么好坦白的啊。"他心中叹息着。

是的，他确实没有什么好坦白的。这是因为他不敢坦白。在那男女方面，他过去每一件事，拎出来都不好听。不是色情片，就是情色片。在深圳，一个年轻男人在深圳，到底会有怎样幽暗的经历啊。一个男人，会面对怎样刺激而血腥的社会考验？这些，他都难以启齿。

倘若她要深究起来，这不是自找麻烦吗？

周怜幽说她自己经历的，都是不值一提的小事。本质上，她是个无趣的人。如果谈个人感情或特殊经历，跟荷慧比，她估计自己不及荷慧姐万分之一的风流潇洒。

哈哈，风流潇洒……还万分之一……这么夸张！这还是周怜幽吗？

荷慧何等聪明，她眼观六路，耳听八方，有阿庆嫂的潜质。听着周怜幽的话，她的脸部表情，一直跟随周怜幽的叙述而起伏变化。荷慧的生动神态弥补了她故事的缺失。

欧冶突然觉得，荷慧才是最有故事的女人。可惜，不合适打听她的过去。

而且，他也不能对荷慧表示出兴趣来，需要保持高度关注的对象，于他只有一个，那就是周怜幽。他不能捡了芝麻，丢了西瓜。上帝既然恩赐以光，他必然要好好把握这份来自天堂的馈赠。不管怎样，岁月不饶人啊。现在的他都三十好几了，这个"几"，是快到尽头的"几"。

关于过去荒废的岁月，周怜幽心中其实存有颇多的感慨。不过，她并不习惯分享感受给别人。她有着大龄女生的某种自闭性。看到荷慧的表情，她感觉有趣，就探了探身子，去触碰她，然后才说话。

"荷慧！你看——我们年轻的时候，刚工作就要拼命赚钱，只为了养活自己。你知道的，我很早来深圳的，当时在香港人的公司里上班，每天加班到很晚才回家，这些都是寻常事。一个埋头干活儿的女孩，哪有时间拍拖？再说那个时候年纪小，人又穷，谁跟你谈恋爱？最多只想占你的便宜。女孩子，即使年轻也并不是如同花蕾一样，总是会受到万人的怜惜和喜爱。我是深有体会。唉，你知不知道，深圳的男孩也有很势利的啊。"

"哎，怜幽妹妹！吃了那么多的苦……其实哪里的男孩，哪里的男人都有势利的呀。你看，我是湖北人，湖北的男人就不势利吗？天下乌鸦一般黑。嘿嘿，现在这个时代，钱都不好赚……我们还是说点儿高兴的事吧。你看看，我们的怜幽妹妹还是太保守了。谁不知道，年轻人一波一波地来深圳，比潮水更猛。我记得当年我们的大深圳，整个城市的平均年龄只有区区二十五六岁呢，满城净是荷尔蒙的气息啊。再说，年轻人谈恋爱也是天性，再自然不过的了。这个世界，谁还能拦得住那种烈火烹油的男女之情吗？"荷慧说。

周怜幽听罢，脸上露出了笑容，说道："是没有人能阻拦啊。年轻时，我也想要拍拖，野百合也想有春天呢。可惜没人来找我谈恋爱。"

"骗人了吧？"荷慧吃吃地笑了起来，她有一项本领，就是把一切都做得自然、熨帖。

"是真的，深圳的生活节奏有多快，你知道吗？为了干好自己的工作，起早摸黑，每天累得像狗一样。"

"虽说如此，可是，也不妨碍年轻人在下班后打情骂俏啊。"

"年轻又怎么样？在深圳，如果你一直在打工，被炒鱿鱼，然后跳槽……就会深切地感受到，在这里，什么都可以没有，就是不能没钱。否则，贫穷就会像一头饿狼一样追着你跑。"周怜幽叹了口气说。

"这话实在。不过呢，话说回来，现在谁不知道，对于您来说钱已不是问题了。"荷慧依然笑着，眼睛眯成了线。

"现在？唉，到了现在……不是年纪又大了吗？"周怜幽叹气说，"北京的老头儿在茶馆里说，年轻的时候，牙齿好却没钱买花生米吃；现在有花生米了，可是老了，牙也掉光了。"

欧冶听着她们俩的对话，忍不住也笑了起来。虽然絮絮叨叨的都是家长里短，是小事，但是周怜幽嘴里的那些平平常常的话，怎么就听出些哲学的意味了？

关于周怜幽的"有钱"，是缠绕在欧冶心中的一种困惑。关于这个神秘的女人，早先他就听青澜提及过这些事。现在，他敏感的心，仿佛又被电了一下。现在，他又听见荷慧说到这个了。她所提及的，便是一个关于孔方兄的议题。古人们不好意思直接谈到"钱"这个字，为了免俗，便有意避开。不得已，只好用关于外形的描述来替代和隐喻。哈，孔方兄！他想，现在很多年轻人，未必知道何谓孔方兄呢，还以为真是一兄弟。可是，事实是，真正的亲兄弟，也不及孔方兄可爱与亲切，尤其是不及孔方兄实用。在现代社会，有用才是一切。所以，现代的人们并不在意孔方兄到底姓什么。现在的人只要对自己有利，便可以不顾一切去攫取，至于称呼什么，叫什么名字就更没有关系了。起码，他自己是不会在意的。而且，现在看到的荷慧，她也是不会在意的。荷慧的原话，直接便是"钱已不是问题了"。简单明了，直达主题。他的耳朵，犹如触觉敏锐的雷达，不会错过一分一毫的信息。喔，对了，什么才叫"不是问题了"？她这么说，无非是想表明，周怜幽早已是一个不需要为钱操心的人了，对吗？确切地说，她已经成为那种衣食无忧的人了？像周怜幽这么个女人，履历表上只是谦虚而低调地填写了公司文员的职位。以常识来判断，其实，一份低阶文员的收入，并不能保证她成为一个不愁花销的人。当然，现在他看到的周怜幽，完全与这份职业无关。他眼里的她，仪态优雅，言语从容，锦衣玉食，慵懒度日……哪里像是那种需要在别人的公司里艰难讨生活的人？

"钱嘛，多少不要紧，能养活自己就好。"欧冶这么想，不觉说出了口。可是，只有他知道，这并非他的本意。

他一直没说话，不知怎的，他感到有些憋屈，一种急迫的冲动在心里酝酿。是啊，一个人不能不说话，一个男人更不能不说话。尤其在两个能干的女人跟前。这是有抱负的男人表现自己的大好机会。可是且慢！作为男人，该说什么才好？她们俩热切讨论的话题内容，都不是他擅长的。对于男人来说，男女私情，只需埋头去做就好了。挑逗，调戏，玩耍……不一而足。再说，这种事纯属个人私生活，哪能像女人那样，天天挂在嘴边炫耀或惦念？而关于金钱，就更不是适合男人披露的，尤其是那些整日疲惫地混迹于社会，忘我打拼（挣扎）的男人，他们哪里有闲暇（颜面）来讨论谁赚的钱多、谁赚的钱少？只有那些乘坐私人飞机的成功男人，才适合故作轻松地教育大家说，最好先定一个能达到的小目标，比方说，"先挣它一个亿"。

对于那种小人得志、得意便忘形的老男人，欧冶一向表示鄙视。

欧冶的自言自语，声音是小了点儿，可她们的耳朵也很灵敏，她们都表示听到了。

不过，她们听到的意思，和欧冶要表达的含义不太一样。有时候，人类自身的语言系统，在自然沟通的过程中，会出现一点儿小小的失误。此刻，在她们那里，她们认为，这个男人如此含蓄地表达自己，恐怕是在担心自己会因为不太擅长挣钱而被人看不起。不要紧的，谁天生就会赚钱呢。所以，她们很认同他的含蓄和委婉。真的，一个人，能够养活自己就好了。作为一个男人，这也是一种责任。男人的责任，有轻有重，轻有轻的好处，重有重的好处。有责任的男人飞扬跋扈一点儿也是被允许的，缺乏责任感的人，当然令人不快。不过呢，其中老实稳重的居多。失之东隅，收之桑榆。年轻人的未来，短时期都不适合下结论。这里暂且不说欧冶到底有没有责任感。

最主要的是，她们都是厚道的女人，其次，她们也是有责任感的女人。她们懂得如何替一个男人负责，也懂得如何去保护男人的自尊心。所以，她们不会狠心地去揭穿眼前这男人内心世界某一个角落所隐藏着的小无奈。她们清楚地知道，倘若那样做，则无异于让人难堪丢丑。

听了欧冶的话，荷慧就说："没错，年轻的时候，我的梦想就是，找到一个能够养活自己的男人呢。"

荷慧浅浅地笑着，生活的经历使得她早已成为收放自如的女人。她的眼睛定定地看着欧冶，她似乎很懂男人的心理，还有点儿小小的恶作剧。她这么看着欧冶，欧冶就有些害羞了，脸上发烫。

"可是，万万没想到，混到这个年纪，像我这样的老女人，临了还得靠我自己的一双手赚钱，才能养家糊口。现在的社会，男人女人都不好混。"看见欧冶陷入困境，荷慧只好自嘲了。

周怜幽应该是了解荷慧的，荷慧是她请来管理这家小茶馆的经理。这个女人是湖北人，欧冶的直觉没有错。她的老家，是在湖北第一大湖洪湖的西北边。老家是在镇上，那个镇的名字有意思，叫福田寺，蹊跷得跟深圳的福田只差了一个字。她在老家本来有个家，先是生了个女儿，一年半后又生了一个女儿。夫家不满意，认为这个女人没用，只会生女孩。荷慧生气，一怒之下，就跟老公离婚了。几年前跑到深圳来，凭着湖北女人的白皙漂亮和聪明才智，火速嫁给了一个深圳本地男人。这些信息，是周怜幽断断续续告诉欧冶的。

这会儿，欧冶听了荷慧的话，有些沉不住气了。是的，他本来就蛮缺乏底气的。不过，好在他忽然想到，她们这两个女人，又能了解他多少呢？况且，欧冶来这家小茶馆的次数也不多，荷慧这样说话也不会是针对他的。她也不可能专门来挖苦自己。

　　不过，不管怎样，现在多了一个荷慧。生活中，多了一个精明强干的旁观者和参与讨论者，等于多了一双观察的眼睛，也等于多了一双第三方的眼睛。三个女人一台戏。现在，已经有了两个，没准两个女人，也能演出一台精彩的好戏呢。只是有一点，他千万不能成为里面的丑角。这么一想，他有了点儿惊心动魄的感觉，感觉麻烦很快就要来了。唉，真的，他得更加小心些才是。让女人能够看穿的男人，让女人毫不掩饰予以嘲笑的男人，才是生活中真正的失败者。

　　但是，担心和操心都解决不了问题，躲避也解决不了问题。要解除这些担心，需要更深入地了解对方。俗话说，知己知彼，才能百战不殆。可是，对方都是谁？周怜幽当然是头牌，是迎风招展的那个头牌。现在多了一个荷慧，她是周怜幽的友军。换一个词，也可能是帮凶。自然，他心目中所属意的目标，当然只有周怜幽一个女人。可荷慧，是周怜幽的同盟军，不能掉以轻心。他不能眼睁睁地看着她们携起手来对付自己。

　　就这么自己吓唬自己，提心吊胆地过了一段日子。有一天，他突然想到，何不单独找荷慧了解一些周怜幽的情况呢？青澜姐告诉他的情况很有限。看起来，这位荷慧反而比青澜姐更了解周怜幽。

3

　　仲夏的一个下午，东湖公园的荷花开得正艳。周怜幽告诉他，她去广州了，过几天就会回来。他就只身一人，静悄悄地来小茶馆找荷慧。

　　到了小茶馆，却发现荷慧不在茶馆里。他百无聊赖地在茶馆里走了几遍，心里寻思着要熟悉一下这里，可是，几遍下来他仍然辨不清东南西北。事实上，他的心思不在这里，又怎么能够记得他去过哪些房间和哪间茶室呢？后来，收银台的一个叫勤香的女孩，长得有点儿胖，脸红扑扑的，看上去很憨厚。勤香见他来来去去地走着，就笑着问他："欧大哥，我都告诉你了，荷慧姐不在店里呢，你还不相信我？"

他慌忙说："相信，相信。只是无聊罢了。"

"无聊？欧大哥，你不是一向很忙碌的吗？"

欧冶听她这么说，寻思这个女孩，或许连她也开始留意到自己了。谁让他是周怜幽的座上宾呢？他发觉，在这里认识的人越多，有可能对自己越不利。

勤香看他不说话，就告诉他说："荷慧姐老家的老公（前夫）来寻她了，听说是为了讨女儿的抚养费还是学杂费。荷慧姐跟他吵了几句，便带那个男人出去了。"

欧冶一听，荷慧还有前夫来找麻烦？看来这个女人不简单。不过，为此他有点儿泄气，这算是事先准备不足吗？他责备自己，为何不先打个电话来问问荷慧是否有空，害自己白跑了一回。不过，既然来了，也不能空着手回去，他就站在收银台旁一边跟勤香闲聊，一边想着接下来的对策。跟女孩闲聊本来就是他的长处，加之他自诩长得一表人才，聊着聊着，欧冶便有一句没一句小心翼翼地打听有关周怜幽的事情。勤香是个单纯的姑娘，正好跟周怜幽一样，也是江西人，不过勤香是赣南地区瑞金人。那儿是革命老区，这个欧冶早就知道。所以，他就尽情夸奖她，说革命老区的女孩就是长得美，又单纯又美。所以嘛，革命老区山美水美人更美。像勤香这样的女生站着美，坐着也很美……

哎，朴实的勤香，哪里听过别人这么夸奖她，忍不住抿着嘴笑了起来。

她笑话欧冶，说他夸奖人都不会，哪有一个劲儿说女孩美的，欧冶听了，张口结舌。片刻之后才如梦初醒，连忙又夸勤香聪明。勤香聪明，是啊，勤香才是真聪明呢。你看，勤香的脑子肯定特别好用，所以才能来干收银这种心灵手巧的工作嘛。"所以……所以嘛，江西人就是聪明呀。你看，你看你跟周怜幽一样……对了，你跟她一样，你俩都是江西老乡呢。"

心不在焉真是个麻烦啊，遇上什么事都没法儿应付好。他在心里暗暗骂自己。

勤香笑着说："我们本来就是老乡嘛！是老乡也很正常啊，深圳人那么多，总会碰上几个老乡的。"

欧冶说："那周怜幽能遇上你，就太好了。起码买单的时候，你可以替她打个折扣。"勤香就笑得更厉害了，说："欧大哥，你也太逗了。怎么说成怜幽姐遇上我？是我遇上她才太好了呀。再说，老板来吃饭喝茶，哪里需要自己买单的？我又怎么替她打折？"欧冶就说："怎么不需要？你们开茶馆，可不就是为了赚那些前来喝茶玩耍的老板们的钱吗？打工一族，大都手头拮据，谁还有多余的钱，能来这样豪华的茶馆喝这么讲究的茶？一壶茶的价格，都赶上很多人一周的工资了。"

欧冶一口气说完，才突然意识到自己说得太多了。幸好对方是个小姑娘，否则，他真的有些难堪了。

"你说的也对，"勤香说，"能来喝茶的人，总归是有些闲钱的。"

"所以我说嘛，"他声音小了下去，"所以我才说，怜幽姐遇上你不是方便多了？"

勤香说："怜幽姐呀，她遇上谁都方便。你不知道吗？这家小茶馆本来就是怜幽姐的呀！我刚来的时候，算账总是出差错，要是论起来，是我遇上怜幽姐才是幸运呢。"

　　欧冶听了，大惊失色。不过，他很快就稳住了情绪。现在，他才终于明白了，原来荷慧说周怜幽不差钱，原因是在这里啊。原来，周怜幽才是藏在小茶馆背后的小老板。当然了，以一间茶馆来论"老板"的大小，有些过于刻意了。不管怎样，他终于知道周怜幽的一些情况了。他本来是来找荷慧的，他来找荷慧，其实也是想要侧面了解周怜幽更多的"情报"。可是，眼前的这个小姑娘，这个单纯的小姑娘，不经意就把周怜幽的绝密资料泄露了。哈哈。欧冶很开心。

　　这个时候，欧冶有些兴奋。他决定以勤香为突破口，要挖掘周怜幽更多的秘密。想到这里，欧冶便问她："是不是怜幽姐照顾你进店里来做收银员的？"

　　"当然不是啦，我是自己应聘过来的。"

　　"没有走后门？没有拉老乡的关系？"

　　"哎，我说欧大哥，你这是怎么了？在深圳哪里有这么拉老乡关系的？"勤香说，"不过，怜幽姐知道我是江西人，她倒是挺高兴的，她说我们江西人好，江西人诚实、朴素。嘻嘻。"

　　"我就说嘛，还说没有拉关系？"

　　"这算什么拉关系？"

　　"好吧，没有拉关系。"

　　"我说，欧大哥，你这人的人品有问题。"勤香笑着说。

　　这是一句流行了很多年的流行语。遇上一件不顺心的事情，当下的年轻人都爱这么说，"你这人，人品不好"。

　　所以，欧冶也没有当回事儿。他本想再问一问周怜幽是否结过婚，这个做法虽然孟浪，可是，也许不经意间会有意外的收获呢？只是有点儿不巧，正欲开口的时候，荷慧回来了。

荷慧进来的时候，她白皙的脸本是铁青的，满脸写着不高兴。可是，当她看见高个子欧冶的圆脑袋，她的神情立刻变得轻松起来，而且，能够立刻转换成笑容。她问欧冶："你怎么一个人来了？不是还有一个人吗？还有一个人呢？"她故意朝他的身后搜寻着。

"怜幽妹妹呢，怜幽妹妹她在哪里？"

欧冶见状，觉得这个女人真有意思，好像还怀有童心呢。他告诉她："怜幽估计仍在广州。她昨天留言说去广州了，说是去办一些事。也没有说今天会回来。所以，她现在应该还在广州。"

听着欧冶啰啰嗦嗦地搭话，荷慧脸上的笑一直不停。正巧，在这个时候，荷慧包里的电话突然响了起来。她从包里拿出手机来，看了一眼，接着又瞥了欧冶一眼，然后去听电话。

"什么？不舒服？"在一旁，荷慧面露出惊讶、紧张的神色。

不舒服？欧冶想，谁不舒服了？喔，她的前夫……不是刚分开吗？

"哎呀，你现在在哪里？什么？回来的路上？……啊，现在到哪里了？我来接你。"荷慧说。

她放下手机，然后告诉欧冶，怜幽生病了。不知道是昨天吃坏了肚子，还是受凉了，或者是没有休息好。总之，她才到广州。由于不愿意在广州住上几天，所以她想赶回深圳。在回深圳的途中她感觉自己浑身乏力，又想拉又想吐……

"啊，生病了？"欧冶吓了一跳。

虽然来深圳很多年，但他一向没有照顾别人的经历和习惯。即便是他自己生病，也只能一个人忍住病痛，自己去喝水，自己去做饭或点外卖，自己挣扎着起身去医院，自己挂号去看医生。作为一个男人，他需要在困难来临之际独自支撑着自己不能倒下，他也很少求助别人。

所以，在听了荷慧的话后，他一动不动地看着荷慧。他缺乏处理这种事情的经验。而且，他的脑子，在这个时刻一片空白。

"你现在有空没有？"荷慧问他，她的干练发挥了作用。

"我？啊……我，我应该有空吧。"他支支吾吾地说，不明白荷慧为什么问他这个问题。

"有空就跟我走。"

"跟你走？跟你去哪里？"他茫然地问。

"有空就跟我去深圳火车站啊。"她差一点儿就想骂他了。

"去火车站干什么？"他仍旧傻愣愣地问她。

"去火车站干什么？唉！你这个人啊，我们去接怜幽妹妹啊，她生病了，身边一个人也没有。我们不去接她，谁去接她？"荷慧吼道。

4

大约一个小时后，欧冶和荷慧终于在深圳火车站的出口处，看到了周怜幽。那时的周怜幽，刚刚走出站台。她一身疲软乏力的模样，有气无力，犹如霜打的小草垂下了头。

荷慧和欧冶赶紧迎上去，通力合作，搀扶着周怜幽走路，最后终于将她送到了深圳市第一人民医院。荷慧陪着周怜幽，她让欧冶赶紧去挂号，去找医生，去安排相关事宜，看周怜幽那病恹恹的模样，很可能需要安排住院。

欧冶就想，怎么尽喊我去做事？他在挂号处转悠了一下，脑子里乱糟糟的。是啊，让他来处理这么多的事情，他也是第一次啊。他摸了一下自己口袋里的钱包。不，钱包里面，好像没有多少钱了。也许全部拿出来，全部贡献出来，也不够支付周怜幽的医治费用。他有点儿露怯，犹豫着，不知道怎的，竟然回到了她俩的身边来。

"哎！"荷慧看见了他，就喊道，"欧先生，缴费处在左边呀！你看，在那边……喏，你快点儿啊。"

"噢？往那边？好，好。"他慌忙回答着，一边下意识地撩了撩头发，一边在想自己怎么走回来了？接着，赶紧狼狈地离去。

"你带钱了没有？没带，我这里有。"

"啊？带了，我带了。"他慌忙回头，回应了她一下。现在，他打定主意了，钱够不够用再说吧。赶鸭子上架，会不会表演再说吧。现在正处于一个特殊时期，不要出什么幺蛾子才好。

他朝着她手指的方向望过去。他其实早就知道，那边是医院的挂号处。刚才，不就是从那里过来的嘛。当时的他，竟然没看见。他迟疑地想，接下来该怎么办呢？刚才好像听医生说，周怜幽患的是急性肠胃炎。急性肠胃炎是什么？他倒是听说过这个名词呢。前年秋天，他和报社的同事陈有礼跟一群民企公司的人聚餐。民企老板大方，邀请他俩喝酒吃饭，还找了一群女孩来陪。他们在一起饮酒作乐。陈有礼有位女朋友，叫萧红迎，山西太原来的。喝酒太急，也可能是吃了不洁的刺身海虾，突然犯了这病。急性，上吐下泻。手忙脚乱送到医院，整下来花了陈有礼不少钱。那年陈有礼正钟情于萧红迎，每日厮混在一起，眉来眼去，好不快活。在欧冶看来，那个萧红迎有点儿文化，从她坚持认为自己姓萧而不是肖就可以看出来。"一个人的姓氏，是严肃的事，怎么能够随便改？"萧红迎义正词严地呵责道，"我们这个'萧'字才是正宗的，所有改姓'肖'的人，都没文化，都是数典忘祖。"但凡有机会，萧红迎很乐意替自己尊贵的姓氏"萧"打抱不平。"让我姓'肖'？我才不干呢。"她不屑地说。她热爱家传的"萧"字，有历史，有沉淀，且代代相传。这个"萧"字，单说笔画也比别人多得多，虽然不是繁体字，可是天生长了一副繁体字的脸。大气，稳重，好看，还没法儿节省纸和墨。

欧冶之所以记得萧红迎，除了那个复杂的"萧"字，还在于他也曾经对那女孩产生过好感，甚至还曾经暗恋过她。萧红迎不仅有捍卫自己姓氏的热情和勇气，而且长得白皙高挑，风情万种。她喜欢对欧冶暧昧地一笑，有时候还会秋波一转，调皮地吐几下舌头。这样的女性，轻易就瓦解了欧冶的防御能力。可惜，只因她是陈有礼的女友，他无从下手。他与陈有礼存有一个不成文的共识，决不轻易染指对方的女友。说不轻易，是因为陈有礼有时爱犯规，这小子曾经私底下偷偷约过欧冶的女友夏煦。好在夏煦有骨气，不屑玩暧昧，所以才没有让欧冶戴绿帽子。而欧冶却不跟他一般见识。在萧红迎的挑逗面前，怎么说，他也做到了发乎情，止乎礼。

现在，不能说周怜幽是又一个萧红迎。可是，在花钱方面，她也许比那个萧红迎更费钱。而他又比陈有礼更缺钱。荷慧指挥他去替周怜幽缴费，他心有不甘，却又不便拒绝。只好拖着沉重的脚步，朝医院挂号缴费处走去。而荷慧自己呢，她扶着周怜幽坐在医院大楼的一楼，等待着欧冶的缴费清单，然后继续下一步治疗。

用了好几个小时，他们才完成这些治疗和安排。

不知啥时候，荷慧打了电话让勤香煲了汤，煮了面，送到医院来。看到勤香气喘吁吁拎着饭盒跑过来，小脸红扑扑的，他还有些纳闷呢。周怜幽的命真好，居然有这么多人同时牵挂着她。他心中黯然。过了一会儿，荷慧来喊他一起下楼去吃饭。

等到周怜幽在医院住下，在医院外面，距离医院有点儿远的地方，荷慧找了一家粤菜馆。

等上菜时，荷慧问欧冶："欧先生，你是第一次陪朋友去医院吗？"

欧冶听了，想了一下，好像是这么回事，回答说："嗯，差不多吧。我也没多少朋友。"

"没多少朋友？"

"在一个陌生的城市里，朋友本来就少。后来不断跳槽，朋友就更少了。通常朋友生病，也不通知我。我呢，自己生病了，也是自己去看医生。都是孤零零的，独往独来。没办法啊，病了的话，爬也要爬到医院去。"

在深圳，其实，在任何陌生的城市，一个人倘若生了病，便像突然飞来了黑天鹅，你得独自拼命应付。至于结果，只有听天由命。没几个人能躲避这些晦气的。

"所以，不能生病。"荷慧就笑着说。

不过，现在的他，饿了。他并不想跟她讨论这类问题。这些都是他的弱项，平时他也害怕生病。那是一个人最无助的时候。看着别人桌上热气腾腾的菜，他觉得自己的胃有些痛了。在医院熙熙攘攘的人群中，走来走去，真不是滋味。

"依我看，你不应该这么马虎地过日子。你是个男生，要多交朋友。不像我们女人，不容易交到朋友。欧先生，我这么说话，你不要生气。"荷慧听了他的话，颇有所感，便这么对他说。

"生气啊？哦，我没有生气。来，快点儿吃吧，饿死了。"

见菜上来了，欧冶也不客气了，马上就开吃了。

"我知道你对怜幽妹妹好，不过，今天我会觉得，你还不太善于处理这些事。怜幽妹妹是个女生，你要多留意才好。"她仿佛负有什么责任，对他今天的表现一直纠缠不休。

"好的，知道了。"

荷慧继续对他说："其实，我是见怜幽妹妹跟你在一起开心，她对你也不错，所以，我才来奉劝几句。不对的地方，你就不要听。如果有觉得合适的，你可以好好想一想。我希望你们好。"

"嗯。"他回了一声。

"你不能用一声'嗯'来回答我。"

"为什么？"

"感觉你，怎么说呢？感觉你好像有点儿不耐烦呢。"

"没有啊。"他这样说，可是心里真的开始烦她了。

荷慧说："你还不是很了解周怜幽吧？"他听见她一本正经地喊周怜幽的名字，不由得抬起头来。他吃得急，脸憋出一些红晕。"我来告诉你一些事情吧。其实，你还不了解周怜幽的，她是有点儿特别的女人。我希望能够帮到你。"

见荷慧这样说，他有些忐忑不安了。难道他做错什么了吗？荷慧竟然对他有这么老大的意见？仔细思量，在医院里，他最多就是显得笨拙，不会照顾人。可是，这不是所有男人共同的缺点吗？在他身边，他就没有见过一个男人是办事利索的。

现在，荷慧说她要告诉他一些关于周怜幽的事，会是一些什么事？他今天找荷慧的本意，就是想更多地刺探一些"情报"，可是没有来得及了解，就遇到周怜幽忽然生病了。他们手忙脚乱地忙碌了一个下午，连饭都没有来得及吃。他本以为没法儿再跟荷慧谈论这些，可是没想到她却愿意主动来谈论周怜幽。这可是一个好机会。

荷慧拿起了筷子，她问欧冶要不要喝点儿什么，啤酒还是饮料？他摇了摇头，他什么都不要。他要在荷慧的面前保持一个好男人的形象。

然后，他就一边吃饭，一边听着荷慧讲周怜幽的往事。

"你知道吗？我们都知道你与怜幽妹妹的关系，所以，我才会问这么一句话。依你们的亲密关系而言，你应该用一种明确的、热切的态度去对待她。某种意义上说，怜幽妹妹已经是你的亲人了，所以，你应该知道自己怎样做才是。可是，今天我才发觉你根本不懂得如何待人，不懂得如何对待亲人，这些让我这个外人看了都很失望。"

"我想再告诉你一些事情。你知道吗，怜幽妹妹为什么能有今天？如今的她不愁吃不愁穿，全是怎样来的？你知道吗？我告诉你，当年，当她还是一个小女孩的时候，因为肚子疼生病了去医院看病，在那里，她遇见了她生命中的一个贵人。那是一位在深圳招商银行工作的阿姨。对当时年纪尚小的怜幽妹妹而言她是阿姨，其实那个阿姨年纪并不太大，也就三十几岁。怜幽按着腹部坐在一旁，看见她独自一人挺着大肚子来生孩子，可怜兮兮的没人帮助，不由心生怜悯，内心挣扎后主动陪她去看医生，办理入院，后来还送饭送汤。那会儿她自己刚被老板'炒鱿鱼'失去了工作，正在难过彷徨之际，却看不得别人受苦，所以就自愿留下来照顾她、护理她，直到那女人出院。她的单纯和善良感动了那个产妇……后来，后来发生的事，你可以想见了。"

因为在吃饭，荷慧的话，有些说得明白，有些就有点儿隐晦。吃饭的欧冶，老老实实地听着，末了，他才从那些云山雾罩的话语中，慢慢整理出了一些头绪来。他听得有些懵懵懂懂的，好像察觉到了，荷慧或许是想叫他也要做个好人？她的逻辑是，因为周怜幽是个好人嘛。荷慧这么说，她的潜台词是不是想告诉他，好人才有好报？当然了，关于好人有好报这档子事，这是谁都明白的道理。倘若不是这层意思，难道荷慧是还想责备他吗？她是不是想批评他这个大男人，一点儿也不懂事？竟然连怜幽病了，也不主动伸手帮助？也许，她最初看出来他的懒散、冷漠，原本他倒是差一点儿想要先回报社去的。当然，他可以有理由，报社要加班呢。不过，幸好他没有说出来。唉，荷慧这个女人，是不是太精明了？难道连他心里想了些什么，她也看出来了吗？

不过，他听到周怜幽过去的故事，有点儿感动。怜幽尚是一个小女生，那么年轻，都懂得在别人有困难的时候伸出援手。她的热心可嘉，她的勇气可嘉。他想起当年来深圳，曾经在街头的书摊上买了一本《深圳青年》杂志，那上面有一句话写得很好，曾经打动过他，而且让他难以忘怀。那句话是这样写的：赠人玫瑰，手有余香。当时，他迟疑地想过，难道这就是深圳吗？这么说来，现在的他岂不是枉为深圳人了？

真是太不懂事了。他暗自责备自己。

"后来，后来发生了什么新的故事吗？"他想知道，后来到底发生了什么呢。荷慧绝对不会只讲半截子故事。这个故事的后面，一定跟着发生了其他的事。

"后来？你可以好好去想一想呀。"

"怎么想？"

"用心想啊。这种事，你只能用心去想。"

欧冶闷闷不乐地想，这是什么女人嘛，难道她说话就是喜欢说一半留一半？唉，她到底想告诉他什么？

后来……

荷慧讲了这么一些话，不管是清楚的，还是含糊的，最后对欧冶来说，还是产生了一些效果。看见荷慧吃完饭就匆匆忙忙地回医院去，他会想，她虽然有点儿急躁，可是心地还是好的。她说的话尽管有些莫名其妙，可是或许她的用意也是好的。

5

由于周怜幽的病情并不是很严重，只不过是普通的急性肠胃炎，而医院的床位紧张，所以她才住了几天的院，就被医生"赶出"了医院。

不过，对于欧冶来说，这好几天的时间，是令他备受煎熬的几天。作为追求者，他必须在百忙（起码也要装成很忙碌的样子）当中，每天采访结束后，抽出时间来去医院看望怜幽，有些时候，还得陪一下她。遇上吃饭的时间，他还要去订外卖（后来荷慧没让他买了）。有一个现象，是他所不明白的，每天，周怜幽的病床跟前，总是放着新鲜欲滴的花。每天上午，都有一位漂亮的年轻姑娘定时给她送来满满的一大捧花。他很奇怪，是谁这么有心呢，竟然没有一天耽误过。以他有限的生活经验，他头一次明白，这个城市有些人是可以这样活着的。病了，有人送她去看病（这个他就做不到）；住院了，有人来看望（这个立分高下）；生病了，有人主动来照顾（这个很多人不能享有）；犯病了，总能有人帮着处理所有医疗和入院等事务（这个简直太难了）。唉，同在一片天空下，每个人的命运却不一样。他只能怀着美好的愿望，去想象自己的落魄和无助。如果生病，在他，是全天候的沦陷，他只能依靠自己，挣扎着前去就医。所能指望的是，第二天能够自然痊愈。时间是他抵抗疾病的唯一后援。只有在这时，他才有些慰藉。

有人爱说，太阳每天都是新的。

不过，《圣经》上却说，太阳底下，并无新鲜的事。

是的，太阳底下，并无什么新鲜的玩意儿。

这就是为什么，他感觉每一天都有些灰暗和阴晦。每天，他灰头土脸地起床，简单地盥洗，收拾，出行。对于他来说，每天迈出家门，并不是为了迎接每天冉冉升起的初阳，而是必须拖着疲惫的身体从床上爬起来，奔赴战场，赶去干活儿。用广东人的话说，必须每天去揾食（粤语：过生活）。不工作，就填不饱肚子。

他每天要奔波在城市的各个角落。他把那些要奔赴的地点，统统叫作"角落"。这个偌大的城市，有太多的角落。他对深圳熟悉，源于他买过一张深圳特区地图。整个深圳特区的地理环境，正像一幅徐徐展开的长卷。它的南北（原特区内）只有7公里宽，他就在这幅长卷的各个角落里奔走活动。很多时候，还得跑出这幅地图的范围。往南（就去香港了）或者往北（去到了龙岗和宝安）。当然，往北的机会更多。他像那些到处流浪于各个角落的小动物一样，每天凭着求生的本能，竭尽所能地奔走不息。有一本美国小说叫作《在路上》，写的是二十世纪的一群美国孩子不服管教，离家出走，在美国的大地上流浪的故事。唉，他们好歹还算是"在路上"啊。可是，他算什么呢？他只是奔走于一座城市的纵横阡陌之间，他玩的更像是一种游戏，一种类似于中国象棋的马走"日"字、象走"田"字的游戏。同时，也有些类似于走进中国古老的八卦阵……不同的是，旷日持久，他早已熟知那些街巷与路径，即便走岔了，也能够轻易找到回家的路。于他而言，深圳早已不是八卦阵了。

唉！他多么像是一只训练有素的动物啊。

在医院的住院部，他曾经告诉周怜幽，荷慧跟他说了她的故事呢。他现在知道了周怜幽年轻时在医院的那件事。她出生时，是一个民警帮助过她的母亲。二十几年后，别人的孩子出生了，是她出现了，去帮助别人。不过，荷慧留了一个悬念给他，他解不开。他不知道什么叫作"后来"。

"啥后来？"周怜幽也没有听懂他的意思。

"嗯……大概就是，在那以后，又发生了什么吧。荷慧她没有说。"欧冶就这样告诉她。

周怜幽听了，这才恍然大悟。哈哈，她的脸上呈现了笑容。当然，她也不言语，只是亲切地笑吟吟地看着他。

"普通的故事，通常就这样结束了。可是，你的'后来'，真的不一样吗？后来发生了什么稀奇的事？"即便他再聪明，对于这一点，也是想不明白的。

"您好笨！后来？后来当然是发生了一些事情啊。荷慧她没说，您当然就不知道。她不说也是对的。其实，也没什么好说的。"

原来如此。他想，原来是荷慧故弄玄虚。

周怜幽看他依旧莫名其妙的神情，就笑了笑，告诉了他事情的来龙去脉。他才明白了，原来那以后，周怜幽就多了一位朋友。当然，那是一位女性朋友。不要忘了，当年的周怜幽还是一个小女生。幼稚、单纯，她自己说，还有贫穷。而她所认识的那个产妇，就叫黄丽华。那位黄阿姨，当时在深圳一家银行工作。生孩子时，老公出差去了。幸亏遇上了周怜幽。她年纪虽小，却帮了她的大忙。

周怜幽跟欧冶说："后来发生的事，也不算是什么秘密。那个产妇，我叫她黄姐。后来，她在医院顺利地生了一个健康的女婴。她很感念我。出院后，我们就成了很要好的朋友。后来，我们常常见面。我也经常去看她和孩子。后来……你看啊，是不是有很多的'后来'？嘻嘻，后来，正好深圳住房制度改革，嗯，好像是全国的住房制度都开始了改革吧？有一天，黄姐她就来劝我买房子。她说一个女孩子孤零零地待在深圳，应该要有一间自己的房子才好。"

买房子？现在说起买房子，不会是什么陌生的事。可是，在当年，那是一桩怪事。因为，当年全国很多地方，很多城市都是单位分房子住。买房子，才是不受待见的事。没本事的人，才需要买房子住。

后来？后来的事，大家当然都知道了。后来，大家都觉得，那个年代能够抢先一步买房子的人，简直就是先知，神秘的先知。

在那个年代，周怜幽她能想到买房子？那她岂不是……岂不也成了，深圳这座城市中的先知了吗？虽然《圣经》上说，太阳底下没有新鲜的事。可是这种事在当时的深圳，绝对是新鲜的事啊。

他很好奇。他问她："那么，你真的买房子了？"

周怜幽叹了口气。

"我哪有那个聪明劲儿啊？再说，我也没有钱。那个年纪的我，每月只赚一点点钱，只能勉强养活自己。"

"那么，到底是去买了房子呢，还是没有买？"

"哈，您倒是着急了。您可以站在我这边，来想想看，当年如果有人让您去买房子，您会怎样做？"

欧冶有些窘迫了，他肯定没有想法。身无分文，倒还想着买房子？再说，买房子可不是吃顿饭那么简单。要付出去的可是一大笔钱。他诚实地告诉她，说他当年其实也在深圳啊，也有人劝他买房子啊，可是，他连想都没有想过。不，甚至连脑子也没有过一下。

"哈，我跟您也是一模一样的。本来，我就没有存款，而且我还是个赚点儿钱只能勉强喂饱自己的单身女生。所以事实上我完全不敢想买房子的事。而且我这么笨，也根本不可能产生这样的念头。腰包空空还想买房子，这不是还没有学会走就想跑嘛。可是黄阿姨倒是有一股倔强劲儿，一直劝我买房子。她说这种机会稍纵即逝，劝我不要错过。"

他听了，沉吟着说："稍纵即逝？是啊，的确是稍纵即逝。不过，其实后面，还有很多的机会。可是，我都没有抓住。"

周怜幽说："当时的房子，还很便宜。当然，对我来说，没有便宜的东西。只是黄姐一直劝我，说不要错过现在的好机会。"

"没钱……劝能有用吗？"欧冶有些悻悻然。他已经忘记该问周怜幽后来的事了。

周怜幽说："是的，当年大家其实都是这么想的。可是，黄阿姨她不这么想。她一口咬定说，现在要趁房子价格还没有涨起来，能用多大力，就使多大的劲。买间房子自己住，才能让自己的生活真正实现长治久安。"

"哈，长治久安……这个阿姨倒是幽默。"他说。

周怜幽说："我说了，黄阿姨就是个人才。报纸上的时髦话，她张嘴就来。"

"这么说，她逼着你买房子了？"欧冶还是聪明的，现在，他听出了那个意思。

周怜幽说："也不算是逼着我。就是不停地劝我，好话说尽。哈哈。她说没有钱不要紧，然后就劝我贷款。当时，很少人会想到可以去银行贷款。"

他紧接着问："你那会儿年纪还小，怎么可能有财产？没有财产，又凭什么能贷到款呢？"

周怜幽听了他的分析，敬佩地说："哈，您真聪明！事情还真就是这样的呢。我告诉过您，黄阿姨是在深圳的招商银行工作嘛，当年她凭实力考进银行，她工作勤奋，努力，很有想法。不过，即使是这样，我也不敢想。我一个年轻人什么财产都没有，怎么贷款？"

这的确是个难题。一个捉襟见肘的年轻人，本身就没法儿周全地活着。

"可是黄阿姨说，其实后来我叫她黄姐，她并没有那么老，才大我十来岁呐。黄姐竟然愿意替我担保。"

"她替你担保？"他吃惊起来。

"她即使愿意担保，我也没有钱做抵押啊。我自己一点儿积蓄都没有。可是黄姐说她愿意同时借一笔资金给我，等以后赚了钱再还给她就好了。"

"借钱给你？"在深圳借钱可不是一件容易的事。人们宁愿送点儿钱给你（不打算讨回来），也不愿意借钱给你。为的就是怕以后麻烦缠身。

"后来呢？"他问。

"后来事情就办成了。"

　　这么简单？欧冶摇了摇头，叹气说："真是奇迹。"

　　"确实很意外。"

　　周怜幽一直都觉得特别意外。是的，从未想过会发生这样的事情。对她而言，当属意外中的意外。可是，今天听了欧冶的话，她倒是更喜欢这个说法，对，奇迹。的确是奇迹。生活中的确会产生奇迹的。她是亲历者，又是见证者。这真是无比美好的奇迹。

　　当初买的那套房子，其实很小，一套小小的房子，只有小小的几十平方米。可是在周怜幽看来，那小小的空间，就是她的整个世界了。她从一个居无定所的女孩，瞬间变成了拥有属于自己、完全属于自己空间的人，她的欣喜无以言表。是啊，她喜欢那种小的感觉。不，在她的印象里，那房子很大，很温馨。她待在里面不愿意出来，她太喜欢那套房子了。她曾经用双手抚摸过每一寸墙面，用双手亲自擦拭过每一寸地面。她甚至想热切地去亲吻和拥抱所有的空间。

　　看着她是这么走过来的，他忽然想，唉，有些人，真是如有神助啊。在生活中，有些人就可以过得不费吹灰之力。像她那样，实在是幸运。

　　"其实，也没有你说得那么简单。"她笑嘻嘻地说。

　　说到幸运，或许真是幸运。可是，事实上，她的幸运还不止这些呐。她想告诉他，其实任何一个人在一生中，总该会遇上一点儿机会的。哪怕只有区区的一次。重要的是，你必须抓住那些偶尔降临转瞬即逝的机会。每一个看上去不起眼的小机会，都有可能让一个负重的人获得新生。那次买了房子后，周怜幽一遍遍在小屋里走来走去，爱不够，看不够。夜晚时分，她趴在小窗前眺望着满城灯火，感慨万千，这就是深圳吗？想起初来深圳时，她有过一个胆怯的梦，她曾经站在市区眺望深圳高楼上的那些灯火通明的窗户，想过何时才有一扇窗的灯火，能为自己点亮?

所以，好机会是生命中不可或缺的一部分，每个人都应该善待它，紧紧抓住它。每个人的一生，都亟需天降好运来改变自己的命运。黄姐的出现，改变了她的生活，乃至一生。

这些道理，听上去那么平常，不值一提。可是，这种经历却切实扭转了周怜幽的生活走向。她是个弱女子，不错。可是，同样是她，因为幸运女神驾临才奇迹般拥有了一套特区住房，"秒杀"了很多仍在这里艰苦奋斗、努力挣扎、试图奋起的人。

只需一场豪雨，再干枯的荒草野枝，也能长成漫山遍野的浩瀚。

真是潜伏至深的女生。

平心而论，周怜幽所遇到过的机会，欧冶似乎也曾经遇到过。十多年前，有次去单位附近的建设银行转账，银行工作人员小陈曾强烈建议他："哥，您不需要存这么些钱，可以考虑买房子呢。"小陈说最近很多人都在排队申请贷款买房子，大家好像疯了。如今，小陈的声音犹在耳畔。可惜，当年的他，看不到这其实就是城市发展的新趋势。他听不出这座城市的心跳来。当时他无动于衷，置若罔闻，我行我素。

在花样的年华里，欧冶热衷的，是如何尽情挥霍自己过剩的激情与生命。生逢盛世，一个男人怎能亏欠自己的青春年华? 作为身在特区的男人，在刚来深圳那会儿，他也曾捉襟见肘，落魄到差一点儿住天桥下面。后来，随着工作的顺利，他不停地换地方居住。在潜意识里，这才是潇洒的人生。他在罗湖区住过，在福田、南山等地也住过，在盐田也住过。曾有一段入不敷出的日子，他不得不跑到特区之外，跑到北面的宝安观澜去租农民房。观澜的隔壁，都到东莞了，那已是另一城市的地界。那时，深圳还没有地铁，仍在规划者们的蓝图里。每天出行，只能乘坐大巴、中巴，穿梭在特区外广袤的岭南田野上。

欧冶还有一种奇怪的逻辑，认为购买房子这种形而下的谋划之事，实属等而下之，只有顾家或爱折腾的女人才会去考虑。

终至有一天，他累了，玩兴大减，他才意识到自己老了。唉，工作越来越力不从心，新的工作也越来越难找。可是房东的脸色，却是越来越难看了。每个月，他非常不情愿地把辛苦挣来的钱，数出厚厚一叠，交给那个称作"房东"的人。

跟周怜幽一样，他也曾钟情于小房子。这个想法，让他有点儿惭愧。当然，在另一个层面，又让他忽然感到自己离这女人更近了。需要搞清楚一个事实，周怜幽说有小房子就满足了，这或许不是她的真心。以他对女性的洞见，女人都是贪婪的。捉襟见肘的他，倒是一间小房足矣。唉！在深圳这样的全国一线大城市，来此地生活与工作也已十年有余，他真的累了。过往所有的快乐与荒唐时光，仿佛已经存进了一个名叫"青春数据"的生命U盘。而那个轻浮的U盘，早已被他丢弃，不知所踪。

现在，想到周怜幽，他的心里是越来越清晰了。他又重新记起青澜姐关于周怜幽的介绍，嘿嘿，公司的小文员……想到这里，他不禁微微一笑。

现在他才明白，青澜姐很低调，她本身就是一个低调的女人，在报社里从来不炫富，也不名包傍身。所以，他也可以理解，青澜姐所愿意推荐的周怜幽，其实也像她一样的低调。他知道青澜姐的富，是因为嫁了个好老公。可是，像周怜幽这样的人，除了无可匹敌的好运气，她还拥有什么呢？

他离她这么近。细想之下，却又觉得离她那么远。

第三章　祖与父

1

出院的时候，是荷慧开车来接的。事实上，荷慧每天都会过来陪伴周怜幽。

临别时周怜幽对欧冶说："我想下周二去'苏州'。到时候，您抽空陪我去一趟吧。"

"去苏州？好的。"他听清楚了她的话，喜悦之情涌上心头。可想而知，这次医药费、住院费，这么慷慨地花出去还是很值得的。在昨天，周怜幽还说要还给他这些费用，被他拒绝了。她一直感激不已，眼里闪烁着温柔的光泽。或许正是感念他的付出，她才邀他去苏州。

苏州？一个美好的地方。其实，他也很想去。不过，这次出行，要请几天假了。他忘了问她去苏州需要几天的时间，在心里，他给自己设定的假期是一周。作为《南方时报》的骨干记者，采访任务原本已很繁重，应该是不太容易请到假。好在他的上级领导是青澜姐，青澜姐不可能不批准他的假期，特别是了解到他是要跟周怜幽去苏州，应该会更关照一下。

　　事情果然如他所料，请假的事，手到擒来。青澜姐愉快地估算了欧、周关系的亲密程度，知道他们的关系飞速发展，目前已臻成熟，于是大笔一挥就同意了。

　　诸事如此顺利，在欧冶看来仿佛成了好事将临的前兆。一时间，他兴奋莫名。民谚曰，好人做到底，送佛送到西。如今恰逢天赐良机，倒不如先暗地里操办妥当赴苏州的所有事宜？如此，也算是对自己拙于照顾女生形象的修补。于周怜幽来说，她或许会感念他的用心和体贴。想到此，他激动起来。订票时，正好手机里存有周怜幽的个人资料，那是上回请笔架山的一位隐居高人替她算命时留下来的。他很快就在国家铁路订票网下单，订好了下周二去苏州的高铁车票。

　　时间来到出发的前夜。这一日下午，欧冶见周怜幽尚无动静，便主动约她见面。他们相约在罗湖书城三楼的书吧里碰头。那儿除了陈列着一排又一排崭新的待售书籍，也有置身于书香之间的温馨小咖啡馆，其状与台湾的诚品书店相若。静谧的环境，正合周怜幽的性情，更何况还有香气浓郁的咖啡和热茶可供选用。欧冶刚采访完马路对面的地王大厦里的一家古代书画馆的老板，匆匆赶到罗湖书城的书吧，见周怜幽靠书架坐着，正在聚精会神看一本厚厚的书籍。他知道周怜幽讨厌迟到，以守时为荣。所以，每次都是她先到。不过，他低头去瞥手机上的时间，发现自己恰好准点到达，才舒了口气，静静地在她旁边找了个座位坐下来。

　　"我们是明天出发吗？"他问她。

　　"去哪里？"她抬头看到是他，微笑起来。

　　他看见她眼神里飘过一丝诧异，有些吃惊。不是说好了去苏州的吗？上有天堂下有苏杭啊，他可是连去苏州的高铁票都买好了。这次，他仔细地查看了深圳到苏州的列车，特意提前购买好了明天上午9点50分的车票。因为是第一次陪她出门，他还专门选择了最贵的一等座，每张车票需要超过1000元的大价钱呢。原本他想只需替她一个人购买一张一等座的票就可以了，他自己嘛，坐二等座就好，价钱几乎便宜一半呢。可是，他突然发现，倘若那样，他与她并不在同一车厢。不是说好了要陪伴她去苏州吗？这一路上，山长水远，路途漫漫。途中要经过广东、福建和浙江三个省份，好像还需要路过上海。这么说，单是在路上，就需要走过三省一市了。而且，途中可以单独相处的时间长达十几个小时。长这么大，他还没有坐过路程如此长的高铁。漫漫旅途，机会无限。他不好好把握住这次良机，那可就亏大了。所以，思前想后，他痛下决心，狠下心来一次性买了两张一等座的票，是两张一等座的票哦。两张一等座的票，买得他肉疼。他选择的正是靠在一起适合相互交谈的连号座位。他要好好利用这次远行的时机，与周怜幽大幅度拉近关系。如果能够仰仗这次两个人的旅行敲定他们的关系，那就太好了。

如意算盘打得好。可是，生活中还有另外一句话，叫作计划不如变化快。欧冶正在踌躇满志、沾沾自喜的时候，却听到了完全出乎意料的一个结果。

"我们为什么要去苏州？"她笑吟吟地问，竟然显出有些好奇的模样。

"啊？"他吓了一跳，连忙说，"前两天，你不是告诉我，我们明天（上周说的就是下周二嘛）一起去苏州吗？"

"哎，我是说了去'苏州'啊。"她也停住了话。

"这不就对了嘛！你吓死我了。"

"不去'苏州'，也不至于吓死嘛。"

"那可不一样。你有所不知,我是连明天的高铁票都买好了。一切准备就绪。"

"啊?您说什么?"这次,轮到周怜幽大吃一惊了,她忙问,"什么高铁票?我什么时候,让您去买高铁票了?"

"你自然没有让我去买高铁票,可是,就不兴我好好表现一回吗?"他踌躇满志地说。

"您真买了高铁票?"她吃惊地说。

"当然啊,怎么可能骗你?买了两张高铁票呢,还全是一等座的票。"他本来可以得意扬扬的,可是现在,他的声音里,却流露出了一丝忐忑不安。

"哎呀,您搞错了。"周怜幽笑了起来,"我是说了去'苏州'啊。明天我们要去'苏州',今天您若不找我,我也会来找您的。我记得我们约好了的。"

"这到底怎么回事呢?难道我们想到的,不是同一件事?"

"这么说来,应该不是了。我告诉您,我说去'苏州',是想告诉您我们明天要去一个地方,那地方呢,它有一个名字,就叫'苏州小院'。嘻嘻,因为平时说得多,所以就常常省略了,只说'苏州'两个字。"

"你是说,在苏州之外,还有一个'苏州小院'?"他大吃一惊。

"是的。"

"就是说,'苏州小院'并不在苏州?"

"对呀!"

这是什么意思呢?他完全被搞糊涂了。现在,这个突然冒出来的"苏州小院",到底是一个怎样的去处?他忽然感觉到,跟眼前这个女人在一起,他的智商有点儿跟不上趟了。她的世界他不懂。更要命的，是他甚至从未想过他会不懂。所以，现在他们的对话，才会显示出那么远的距离。

"'苏州小院'在哪里？"他只好沮丧地问她。

"不是太远的。就在深圳与惠州交界的附近吧。"

他想问她，为什么要去那个地方。可是，这是人家的私事，也许不合适问。现在，他只觉得有一种神秘的氛围开始笼罩他。在她的身后，藏着许多谜团。

"抱歉没有事先告诉您。我只是想，最近这一段时间您一直忙。所以，那天只是提了一下。"

他又想说，那个地方，我方便去吗？可是，他还是忍住了没有说出来。因为，从心里来说，他还是有点儿想去的。他想去看看那里到底是一个怎样的地方，能够冠以"苏州"之名？

想象力在这里遇到了障碍。而他，则犹如飞翔的鸟儿，途中被一颗石子击中，飞行戛然而止，掉落在草丛间。

最令他沮丧的是，为了前往苏州所做的一切准备，到此全部搁浅。岂止是搁浅？而是全部作废了。一切用心毁于一旦。不是毁于一旦，而是毁于一句没有听仔细的话。这个简单的原因太令人羞愧了。只是因为，他没有听懂她嘴里说的一个词。

当然，现在他才明白。在他没有听懂的那个词后面，隐藏着一整个的世界。

唉！看来，人与人的脑子里，各自装着的东西，真的是不一样啊。

他低着脑袋，任垂下的头发飘荡。他的无精打采，让他更加沮丧。现在，他好像忘记了自己应该去做什么了。他的心中只有一件事。那是一直盘桓在心头的一件重中之重的事。是事不宜迟，需要抓紧时间去办理的事，就是退票。退票！高铁的退票，需要缴纳一定数额的手续费，扣除的金额不会少。这一回，不知道又要平白无故损失多少白花花的银子了。唉，那可都是每夜辛苦码字才赚来的血汗钱啊。

这么想着，他不由得心痛起来。

2

除却没有告诉他苏州小院具体指的是什么，这个女人，其实还是很靠谱的。次日，两个女人按原计划行事。一大早，周怜幽就与荷慧开着汽车来接他。荷慧坐在驾驶位充当司机。今天开的车，与上次接周怜幽出院的车又不一样，起码外观不同。上次那辆车，欧冶已经忘了是什么牌子，印象里只记得，是辆日本轿车。而这辆车却要威武得多，高大得多，不过他还是看不出来到底是美国产的还是德国产。明显的是，它是一辆高档的进口SUV。荷慧今天明艳照人，穿了一件宽松的休闲服，精神状态也好，在车内早早就摇下窗户，朝欧冶笑着打招呼。而周怜幽呢，独自坐在宽敞的后座，在玻璃窗的后面，沉默不语。

欧冶去拉后座的车门。门开了，周怜幽并不让他上来，她对欧冶说："你就坐在前面吧。"

这一天，阳光普照，万物葱茏。汽车很快启动，先是在城里的街巷转悠，寻找着主干道的路口。她们很快上了深南路，这是繁华的市区里唯一一条去往深圳东部的大道。

朝阳初起，照在脸上和身上，既温暖又惬意。

时间尚早，通往深圳东部的路还不太拥挤。他们转入罗沙路，这路的中央隔离带，分布着一条与大路平行延伸的鲜花槽，里面种满了淡紫红色的蔓马缨丹，宛如一条花蛇，引领他们前行。而大路两旁种植着密实的芒果树和爆炸式生长的大榕树，带来了满满的浓荫。浓荫的南面，便是香港的北郊。目前，尚是荒蛮之地。

坐在前座的欧冶，脑子里在想着怎么跟周怜幽搭话。

他知道，今天去的地方便是他曾经错误理解的"苏州小院"。去苏州需要乘坐高铁，而去苏州小院只要开车便可到达。看来，周怜幽是诚实的，那苏州小院的确是在深圳与惠州交界之地。因为她们的车前往的方向，正是惠州的地界范围。

一路上，他费尽心思，想要寻找话题，可是，或许是昨晚处理完所有事后的愤愤不平，让他一夜未曾睡好觉。此刻的他，在焦虑与期待中，或者还有某些担心和困顿中，竟然不小心沉沉睡去。待到他醒来，听见荷慧在喊他："欧先生！该醒醒啦，我们到了。"

这时他才惊醒过来。他很惭愧，因为自己一不小心就睡着了。同时，他还为自己的失态和无趣，感到了失落。

不过，让他稍感放心的是，他看见周怜幽的脸，有些轻松，甚至娇媚。现在，他又重新燃起了悄然注视她的热情。他又像过去一样，充满好奇地注视着她那肥厚的嘴唇。他感觉那里，好像永远都那么湿润，性感。他真的很容易被她吸引啊。女人的丰满，是他的克星。此刻的他，甚至情不自禁地怦然心动起来。他不无苦恼地想，如果周怜幽能够很快确定成为他的女友就好了，这样，他就可以肆无忌惮地去贴近她，去拥吻她那天选之唇。

周怜幽似乎发现了他肆无忌惮的目光。她朝他做了一个侧卧的躲避动作，一边的脸颊贴着双手，把头埋了进去。

"您真是能睡。"她说。

他没有回答她。他的心思一直陷在一种迷乱之中。嘴唇，苏州小院，嘴唇……整个途中，他都沉醉在莫名其妙的睡眠中。

这是谁的苏州小院？他想这么问她。

她比他先下了车，然后走了几步路。他看见她完全站在了阳光里。她的脚下，有些潮湿的泥土，周围各式花朵盛开着。最近这边下过雨了吗？他看见到处都是盛开着的紫色的花，红色的花，蓝色的花……那些小野花，迎风摇曳，花朵周围的野草，也相当茂盛。呵，她是那么开心！看见她精神很好，他心头的忧郁终于平息下来。

他也跟着下了车。这个地方，风很大。他伸着长长的脖子，迎着阳光和大风，也像她那样，用手去遮挡阳光。不过，在他的下意识里，他并不是想挡住阳光，他想挡的是风。那阵大风，让他的头发在头顶乱舞，最后落下来遮住了他的眼睛。他用手指撩了一下头发，朝四周张望。每一个转身，都是一方新风景。喔，这里，竟然是一处开阔的山坡，坡下有一片草地。草地前方竟然流淌着一条曲折的小河。远远看去，河水波光粼粼。

脚下的路面，已经平整过，铺着鹅卵石，圆滑，结实。同时，这片区域也像是被规划过了似的，因为到处都种植着整齐不一的花草和树木，各自成景。

在路的那边有一古雅的幽宅。是了，那应该就是周怜幽说过的"苏州小院"了。

往远看，苏州小院的天幕背景之上，是云雾缠绕的山峰。山色很青，山峦连绵起伏，由于海边雾气的作用，显得一半在空中，一半藏在雾里。流云飞过，错落的山峰时隐时现。欧冶忽然惊觉，喔，这山！莫不就是传说中的九爷山了？刚才一直在睡觉，现在尚未完全醒过来，他有些吃惊地看着这一切。

原来，周怜幽所指的苏州小院，竟然会是一个如此好的去处？

他往回看，眼前是一派空蒙的景象，不远处，应该就是大海了。

苏州小院居然藏在这样一处背山面海的僻静之处。

仔细去看，苏州小院的占地面积其实不大。背枕一座长满翠绿植被的小山。看方位，也算是坐北朝南，只是掩映在一片翠竹丛中。

小院的正门前面，一如粤地的村落，植有一株气象万千的老榕树。而小院子，却被一弯院墙围绕着，墙上开着圆月般的风窗。贴近走着，欧冶发现，时有虫子与小鸟穿行其间。院墙里面，仅有一幢独立宽阔的二层楼，旁边连接着厢房。

古色古香的院墙，让他忽然想起早年读过的一本唐朝小说《莺莺传》。古老的故事，写的是贵族小姐崔莺莺爱写诗，某日她偷偷给情人留了一首诗，暗示情人翻墙过来与她私会。那首诗曰："待月西厢下，迎风户半开。拂墙花影动，疑是玉人来。"哈哈，诗是少女写的，放到现在还是个未成年的初中生呢。不过这个小女生胆子大，还很善于引诱男人。

正在胡思乱想间，他一抬头，看到了周怜幽。这样的故事，如果发生在周怜幽身上，她会怎样处理？

周怜幽可不是少女了。她是现代人，现代的女人，怎么会看得上古代少女那种偷偷摸摸的偷情行径呢？在这个开放的时代，没有什么是女人不敢做的了。如果胆子够大，自己就能翻墙出去。

不，在这个时代，何必翻墙？从正门大摇大摆走出去，又有何不可？

现在，他正是这样，大摇大摆走进了苏州小院。当然，他是男人。现在，他不用去猜测这里是不是苏州小院，因为迎面便看到了一行字，上面明明白白地书写着：苏州小院。他停下来，欣赏了一下书法。不过，他不喜欢写字，也不懂书法。于是，便走进了宽大的厅堂。

与其他深宅大院相比，这里，客厅被直接布置成了书房，成了很大的一间书房。看上去，有如来到一座图书馆，让人目瞪口呆。宽阔的空间里，两面是颇具现代感的落地玻璃门。而沙发、茶几，却是古色古香。在这些古典气息的家私周围，则排列着若干古旧的大书柜。靠墙的地上，到处堆放着一些精致的全新书籍。看上去，其中以古籍偏多。哈，古籍？有些看上去很珍贵的线装书，被放置在一张厚实的长台上面。当然，还有不少的新书列装于古朴的书柜，有如士兵一样整齐。

这是什么意思？欧冶想问。可是，他仍然没有问。他想称赞点儿什么。可是，目前尚未找到合适的话题。所以，他又情不自禁地也去撩了撩自己的头发，他意识到自己的头发不是有一点儿乱，而是特别乱。这不听话的头发，时常让他心焦。

"这就是苏州小院吗？"看着周怜幽，他终于挤出了这么一句话。

周怜幽看着他光亮的大脑门，抿嘴而笑。

"是啊。"

"这……这是你的房子？"他吞吞吐吐地又问了一句。这句话，才是他一直以来的心中所想。

周怜幽告诉他："不，不是的。这房子，是我的一位朋友的。"

这么说，她是带他来看朋友的宅子？他疑惑地想。

"嗯，您是大记者，您来看看，这里的这些布置，您觉得怎样？好，还是不好？"周怜幽将话题扯开了。

欧冶正想回答，但他突然意识到，这会儿，自己还不能说出真实的想法。因为，最先涌进他脑子的念头就是，不管这苏州小院是周怜幽的，还是她朋友的，他都不应该贸然发表意见。是的，在一切真相尚未明了之时，他只能稳重地褒奖一切。俗话说，油多不坏菜，好话没人嫌。

所以，当周怜幽来询问他时，他就大大地赞扬了一番。他说："真是没有想到，有人能够这样设计厅堂。通常，我们所见到的大宅厅堂，大都以客厅功能为主，古典桌椅为主，一派端庄大气的样子就好了。而现在这样的设计，让人大开眼界。"

"哈，您这是批评这里不够端庄大气了。"周怜幽笑了起来。

欧冶慌忙说："哪里，哪里。我这是赞扬这种布置，很有书卷气啊。有书卷气，就是有文化嘛。这样的去处，正适合有文化的人坐镇这里。"

"坐镇这里？"

"我的意思是，我的意思就是适合文化人居住……适合他们这样的人，居住在这里。"他有些慌乱地说。

"哦？听起来，您的眼光真好啊。"周怜幽忍不住赞扬起他来。

他也不知为何周怜幽要表扬他。她突如其来的赞美，让他有些不知所措。当然，他心里知道的，关于文化的话题，他是随口瞎扯的。就只问你，当一个人眼睛里看见无处不在的书籍，你怎么可能不扯一扯一些跟文化相关的话题呢？否则，是不是太愚钝了？

"其实，我……嗯，我不知道……"周怜幽反倒忽然变得有些期期艾艾了，她说，"我也不知道这里的主人，为什么要这样布置。我不知道她这样的布置，到底好不好。不过，当初的想法……据说，当初的想法是……反正这里也没人会来。主人说了，她自己乐意怎样布置就怎样布置了，所以就显得有些过于随心所欲。这是不足。"

"怎么会不足呢？这样，才是对自由的尊重嘛。"欧冶突然说。

"啊？这跟自由有关吗？"周怜幽瞠目结舌。

"能够随心所欲安排自己生活的人，才是自由的人啊。"

"才是自由的人？"

"至少是深刻理解自由的人吧。"欧冶有些胆怯。

关于自由的话题，不是他饶舌的强项。而现在，他却说了这么多的"自由"。现在，他心里没有什么底，他也不太敢继续往下说了。其实，他对自由一直是并不怎么感兴趣的。关于自由，他只喜欢简简单单的一个词，就是这些年来在整个社会被多次提及的一个词：财富自由。他相信，只有财富才能带来自由。

可是，财富不就是钱财吗？他不能在一个有钱的女人跟前，总是提到"钱"这个字。

而且，关于财富自由，通常他是连想也不敢去想的。他深刻地了解，自己离这四个普通的文字，到底有多遥远的距离。

唉，说来伤心……

这个时候，他忽然看到了厅堂一侧的地方。那里有一张长案。案上放置了一张古琴。他并不懂古琴。可是，任何好东西，不是一眼就能够看得出来的吗？那肯定是一张上好的古琴。因为它的外观通体高贵，古色古香。若论起来，肯定价值不菲。

"您也喜欢古琴？那就太好了。"

周怜幽看见了他的目光停留在那边的古琴上，她惊喜地脱口而出。

"嗯，我喜欢。"

"啊？您懂得弹古琴吗？"周怜幽又问。

现在，他要表现出喜欢来才行。嗯，何止是喜欢古琴，他几乎要爱上这里的一切。他喜欢这间特别的屋子。在院墙之外，踏进院门之前，他还曾经以为这里只是一处普通的宅院呢。可是，当他走进来，却又发现别有洞天，并且还超出想象。当然，这里，其实又与普通的江南园林不一样。这里呈现的是一种奇怪的混搭气息，既有古典园林的风情扑面而来，又有现代的东西错落其间。

"嗯，您喜欢江南园林？"她听出了他的弦外之音。

"哈，有那么一点点吧。我喜欢是喜欢……只是不敢过于喜欢！你看，这里布置的一切，都是恰到好处的……而且，古典还与现代气息交融在一起。这样很特别，令人印象至深。"

"您真会说话。"

周怜幽听了他这些话，又高兴又害羞。

她告诉欧冶："这里的主人，那位主人……她原本的意思，其实就是想要一派古典的风情。不过，后来她专门去了几处类似地方学习，察看，却又感觉不合意。她想要的东西越多，就越不容易掌握……东西太多，太满了……不是反而乱了吗？所以，删繁就简，只选了必须要有的，必须存在的，才变成了现在这模样。"

她？她是谁？是这里的主人吗？欧冶心存疑虑。

不过话说回来，他也发现了她所说的这里东西太满。犹如古典名画，靠的是留白，才能显示出高超的画艺。可是，若是过满了，想减少，却又不是随便减少就可以做好的。

"您真是一个懂艺术的人。"她由衷赞叹。

"哪里，哪里。我其实什么也不懂。"他谦虚地说。

其实是这样的，周怜幽告诉他："这事应该怎么说呢？这栋房子的主人，她起意建造或布置这处房屋，也不全是为了她自己。主要是为了她的外公。"她说，"您现在明白了我的意思吗？主人的外公，据说年轻时特别热爱书籍。所以她现在做的这件事，其实都是为了满足她外公的喜好。当然，据说，她的外公生不逢时，在过去的年代，没有机会好好念书。外公年轻的时候整个中国都处在战乱年代，先是抗日战争，后来又是解放战争……老百姓流离失所，艰难度日，没人能过好日子。"

"喔，我明白了。"他说，"你所说的，这房子主人的外公，她的外公外婆，恐怕都已经很大年纪了吧？他们老两口，现在就居住在这里吗？"

她说："怎么会？唉，提起这件事，我该怎么告诉您呢？这所宅子，按道理讲，的确应该是她的外公和外婆居住的地方。当然，我不是指这房子的主人，不是指她的外公和外婆他们二老，真的在这里住过。我只是想告诉您，这里嘛，起码来说，这里是我……是我想象中——他们可以居住的地方。"

"在你的想象中？"他吃惊地说。

没错，现在的他，完全被搞蒙了。他没有听懂她的意思。

正在惊愕之间，墙角边转过一个人来，正是荷慧。荷慧正从外面进来，她双手互相搭着，笑吟吟地说："欧先生！其实，这事很简单的，你就不要想太多了。这个苏州小院，你不知道它的来历，这是怜幽妹妹为了纪念她的外公，特意买下一块地修建的庭院。"

"哎！荷慧……"周怜幽喊了一声。

原来如此！原来，周怜幽说的是她自己的故事。话到这里，欧冶方才恍然大悟。事情很简单嘛。既然荷慧刚才说，这美丽的庭院，是为了纪念她的外公而建造的，纪念哦……那么，她的外公外婆应该早已不在人世了。

唉，跟周怜幽说话，可得打起精神来。否则，总会漏掉一些重要的信息。欧冶这么想。

周怜幽有些尴尬，抱歉地说："其实，我真的不想留着这个房子了。我在心里已经想要放弃了。总有一天我会卖掉它的。所以，因为这个缘故，我就不想跟您说实话。"

欧冶听了，更觉得好奇。但是，他的确不方便问得更加详细。现在，他只有一个问题：既然两位祖辈都已不在了，为什么还要为他们建造庭院？

这些，周怜幽自然不会告诉他的。

可是，头脑活络的欧冶，转念一想，突然就质疑起来，这么一个女人，怎么就这么有钱呢？她的出身令他起疑，她的赚钱方式令他起疑。现在，她所拥有的财富又令他起疑。说起来，从某一方面来说，他应该为自己正在跟这个有万贯家财的女人交往而庆幸，可另外一方面呢，他又为她的深不可测而忧虑和担心。唉，难道自己未来一生的幸福，全得依靠这个女人？

当他这么思忖时，他告诫自己，绝对不能让这个女人看出自己的企图。现在，他更应该小心行事，不要让周怜幽看出他的心机来。

惊讶之后，一阵兴奋立即涌上心头。虽然年纪不小，可他确实是一个容易被意外之事冲昏头脑的男人。幸福不要来得太容易了啊。处在某种眩晕状态的他，随时想要开个玩笑。现在，他对这个可能改变他命运的女人太好奇了。他问："你怎么会这么有钱呢？"

"我哪里有钱啊？"周怜幽见他这么说，就赶紧解释。她说："所有人都知道的，买房子都需要贷款的呀。靠贷款买房的人，哪能有什么钱财呢。"

欧冶听了周怜幽这话，心中突然不高兴了。她对他并不坦率。一个人一旦不高兴，说话就容易失控乃至越轨。所以，他不由得脱口而出："没钱？没钱为什么还这么任性？"

周怜幽听了他这样满含攻击的话，只是惊讶地看了他一眼。她不明白哪里冒犯了他。可是，这话也让荷慧听见了。哪知荷慧却是个有些任性的女人呢。她听见欧冶这么说，非常地不屑，就说："怎么了？怜幽怎么就不能任性？她不任性谁能任性？"

欧冶心下一惊，望着荷慧恼怒的脸庞，才知道自己失言了。他当然不能跟她争执下去，周怜幽正在旁边看着呢。跟她计较下去，一不小心，也许自己就将平白无故地葬身于她之手。他不能让自己的成败毁于自己的一张嘴。

于是他尴尬地干咳了一声，想要蒙混过关。

荷慧仍是不依不饶，说："欧先生！你可不能这么对怜幽说话！"

欧冶连忙悔过道歉说："是我说错了。我这该死的嘴巴，真不会讲话。"

周怜幽是个大度的女人，见状，她就笑了，说："没关系的。只是一些小事，都不要在意了。不要放在心上。"

欧冶这时候就想，原来这周怜幽跟外公外婆很亲近。莫非她是跟着外公外婆长大的？能够有实力替已经离世的外公外婆买房？这也是一项他暂时无法理解的事情呢。

想到这里，他的心里不由得又产生了一个疑团。这是一个超出了他思考范围的疑团。它像一只黑色的乌鸦缓缓从远处飞来，在他的头顶盘旋着。

时间过得飞快，不久便到了中午。

周怜幽也累了，一副不想动的模样。她懒洋洋地对欧冶和荷慧两个人说："我又不会做饭。当然，就算你们俩是厨师，今天也没法儿下厨了。因为，我们忘记买菜了。"

荷慧说："就算有菜，现在想要做饭，也来不及了。不如我去附近的桃花镇上，买些吃喝的东西打包回来？反正，镇上有的是海鲜馆子和土菜馆子，想吃什么尽管说好了。我开车去去就来。"

荷慧果然是一个能干的妇人，说话、做事，无不雷厉风行。也许正是因为这些长处，她才深得周怜幽的信任。

临出门，荷慧拉着欧冶到一旁，悄悄地对他说："欧先生！你要好好陪一陪怜幽妹妹，不要惹她生气。"

欧冶问她："是不是周怜幽真的不会做饭？"

荷慧嗔怪着责备他："你这个男人是怎么了？你还当真想让周怜幽做饭给你吃？"

欧冶回答："这种事，我哪里敢让周怜幽去做？只不过顺便问一问罢了。"哪知荷慧警告他："不对！就连问，也不能问。哪有你这样的男人？这么不识抬举的！难道你还想找个免费厨娘吗？"

荷慧走了后，欧冶回到院内。周怜幽看见他回来了，便招呼他到院子里的葡萄架下坐。那儿有一张圆台，正适合观景。她问欧冶喜欢这个苏州小院不，欧冶说："当然喜欢。我没想到，作为在深圳工作的一个女生，年纪轻轻，就有能力独自出资来建造这样一个苏州小院，太了不起了。这里的设计、工程、美观程度，堪比一座巍峨的宫殿呢。"

周怜幽听罢笑了起来。她说："哈，您说宫殿？那太夸张了。说起来，这里本来就是一处普通的民宅呢。不过，由于买得早，我把原来的旧房子拆掉了重新建造了这个地方。又因为我外公的老家，不，应该说是老家的老家（哈，就是祖上往前好几代），是从苏州那边过来的，所以，我就凭空想了个点子，让人在这设计了这种风马牛不相及的建筑和园林。嘻嘻，我对园林一知半解，只要看到一点点粗浅的江南风格，就喜欢得不行。不过，现在终究是二十一世纪了，再说现在还流行混搭的风格。哈哈，所以呢，就成了这种怪模样。"

"哈，一点儿也不怪异。我倒是觉得很自然，很舒适，很迷人呢。"见周怜幽现在也不避嫌了，并且还很真诚地告诉了他许多的隐私，欧冶就赶紧奉承着她说。

他适才见识过这幢小楼的格局和风情。他知道，小楼的确不算大，但是这小院占地面积却不小。小院里，目之所及之处，举凡人造假山、小桥流水、峰回路转、依依杨柳、水边小亭，一样不缺。真是引人沉醉。他对周怜幽说："刚才我还在疑惑，为什么这里会叫作'苏州小院'呢，现在明白了。"

周怜幽介绍了她家的情况。其实，她外公这一脉的家谱，倘若往上一二百年，可追溯到的祖居地应该是苏州。不过到了外公这辈，苏州那边已经难寻族亲了。也许是动荡的岁月所导致的背井离乡，族人各奔东西，风流云散，再聚已是陌路。如今，她的外公，还有外婆均已弃世。斯人已去，而她所能想到、所能缅怀的，只有"苏州"二字。

欧冶听罢，心中一动。他觉得这个女人，原来也不是一个简单的女人。

她的背景也不是一两句话可以说得清楚的。

两人就这么坐着，一时竟然无语。

后来，周怜幽或许意识到了，倘若继续保持沉默，或许他的疑心会更大。所以，考虑再三，她决定对他坦露心声。正好，今天阳光灿烂，天气也好。她想趁着天气好，跟他讲一讲如烟的往事，但愿阳光能够驱散阴霾。

"您也许对我的家庭很好奇，是不是呢？趁现在有空，那我就跟您讲个故事？"

这话正中了欧冶的下怀。他现在正迫切地需要打开对面这个女人心灵的窗户。他很想尽快窥见那边不同寻常的风景。

那一年，周怜幽即将告别九岁，快要进入生命的第十年。那是一个儿童的成长礼。她生命的年轮，将要开始进入第二圈。

那年年底，家乡的小镇上，发生了一桩惊天动地的大事。那是冬日下午，临近黄昏时分，周怜幽背着书包放学回家，在小镇的岔路口，她与要好的女同学张美玉挥手告别，然后独自一人穿过一条长长的小巷回家。她有个习惯，每次到家门口，都会大喊一声："外公、外婆，我回来了。"

可是，这天她没有听到外公或外婆的回答。她没多想，蹦蹦跳跳地跑去推门，进屋又喊了一声，却猛然看见，年逾花甲的外公倒在血泊中。她吓得说不出话来，本能地想往外逃，忽然一想，外婆呢？外婆在哪里？她跑过去推开里屋的门，却没有看见外婆的影子。但是卧室的地上满是血迹，一直到门口。她惊恐地大叫一声，扭头就朝外面跑去。她想哭，却没哭出声来。

她冲出房门，撞见从院子外面走进来的一个男人。那男人年纪不大，看上去才二十多岁，手里握着一把滴着血的尖刀。周怜幽吓坏了，扭头就想逃走，却被一把揪住不放。她大喊救命！那人狠狠地扇了她一巴掌，打得她站立不稳，满嘴是血。然后，那人将她拖进房内，用刀指着她。明晃晃的蘸着鲜血的尖刀，在她的眼皮子底下晃动。她吓得腿一软，跌在地上哇的一声哭了起来。那人低声喝道："不准哭！"她一下被吓住了，就不敢哭。那人又踢了她一脚，说："趴下。"她趴在地上，连忙求他不要杀她。那人又飞起一脚踢中她的脑袋，这狠狠的一脚把她踢昏了过去。

当她醒来时，发现那个男人在厨房找水喝。她看见那个年轻的男人神色有些紧张。他停在那里，像在聆听外面小巷的脚步声。她正想喊，却被他扑过来，一把捂住了嘴巴。"你再喊，我就一刀砍了你。"那个男人恶狠狠地说。她努力挣扎着，好不容易才喘过气来，然后磕头求他不要杀她。"不要杀你？哼，我要杀的就是你这样的人。"男人说。"为什么？"她惊恐地问。"你他妈的活得太好了，我看不惯。"他狞笑着说。"我外……外公也是你杀的吗？"她带着哭腔胆怯地问他。"怎样？你害怕了吗？"那个男人得意扬扬地问她，拿着那把蘸着鲜血的尖刀在她眼前晃动。她一下子哭了起来，接着就又挨了一巴掌。她知道不能哭出声，所以只能低声哭泣。不，低声也不行，她只能无声地饮泣。"求求你不要杀我。"她轻声哀求他，"我还有爸爸妈妈呢，你杀了我，他们可怎么活啊。"那男人生气地喊道："你他妈的别做梦了，爸爸妈妈有什么用？哼，我妈才不管我呢！她就盼望我早死。你死了，正好可以气死你爸妈。"她磕头说："求求你！叔叔。哎，叔叔，不要杀我……"她不知该说什么好，她吓坏了。她对那男人说："你妈不管你，如果你不嫌弃，你把我认作干女儿好不好？我会替你养老，我会把你接过来跟我外公外婆一块住，叔叔，我会对你好的……"她的哀求声，弱小细微，痛楚难当……她伤心地哽咽着，不停地哀求他，哀求他……当她哀求这个凶恶的陌生人时，她心里难过极了，害怕极了，她知道再也见不到她的外公外婆了。

她哭泣着，伤心得几乎要昏厥过去。这时那个男人，却慢慢松开了紧按她的那只手。他的力气真大，她差一点儿喘不过气来。那个男人低声对她喝道："你要听我的话，我就不杀你。"她歪过头想去瞅他的脸。"看什么看？趴下！"她赶紧俯下头去。男人说："你在心里默念1000个数字，从1念到1000，不准偷懒。数到1000才能停下来。如果你答应，我就不杀你。"她一听连忙答应说："好，好，我数数。我听你的，我会数满1000个数。""你老实点儿！"男人说，"如果我发现你抬起头来，就一刀斩了你！别怪我不客气。"

她趴着一点儿也不敢动弹。然后，她感觉到了那个男人的手在松开，然后，然后她仿佛听见有人在暗暗地哭。她很惊奇，应该哭泣的人是她啊，怎么还会有人在这个时候哭呢。接着，她听见有人抽鼻子，像哭泣后的吸气。平时她便是这样的，有时候还会用袖子擦一擦鼻涕。不过上了小学后，她就没有用袖子擦鼻涕了。她听见那人轻轻咳嗽了一下。她一动不动地小心俯在地上，双手蒙住脸。她不敢动，惧怕那一刀砍下来。她不敢怠慢……数数！要小声，在心里数……她暗想着，战战兢兢趴在地上，捂住脸数着数。等她数到1000了，她也不敢爬起来。

过了一会儿，她仔细听着周边的声音，四周静谧得很。她偷偷抬起头来，房间里很安静，她颤抖着，跌跌撞撞爬起来走到门口，才发现那男人已跑得无影无踪。

她回过头去，一眼便触电般地看到了外公溅满鲜血的身体。她想大喊，可是已经喊不出来了。她不受控制地哭了起来，也没有声音。然后，跑出门到镇上的派出所去报警。

这件事对她打击很大。过了很久，她听说案件破了。

她听说这是当地发生的一件令人闻风丧胆的连环凶杀案。那个死有余辜的年轻男人，在不到一年的时间里一共杀了21个人。他杀的几乎全部是孩子，主要是中学生，一部分是小学生。只有两个成年人是例外，那就是被他杀死的她的外公和外婆。

后来，那个男人终于被宣判死刑。所有悲愤的家长都拒绝赔偿，坚决要求立即处死他。

……

她叙述的声音很小，很低沉，也很缓慢。是的，她愿意把自己的故事当成别人的故事来讲。正如前面，她虚构了一个拥有苏州小院的朋友一样。当然，由于触动心弦，沉浸其间，她的有些话，欧冶甚至没有完全听清楚。可是当他完整听明白了这桩案件后，却由于受到惊吓而呕吐起来。没错，他是一个男人，可是即使是男人，他也无法平静地倾听这样残酷的故事。他的内心充满了惶恐乃至痛楚。这该是怎样的疯狂啊，为什么？为什么有些人会丧心病狂到如此匪夷所思的地步？他的内心久久无法平复。

在此之前，他完全没有心理准备。最初他只不过猜想，或许她的外公外婆不愿意以老年之身背井离乡，执意不来广东而已。他所能猜测的是，周怜幽与外公外婆始终分居两地，造成了她的难过。可是他并没有想到，眼前的这个女生，在小小的年纪，竟然还亲身经历了这样的苦难和不幸。

她真是了不起。遭遇这些惊恐和伤害，很多人从此一蹶不振，可是她还能平静地带着微笑活着，真不是一件易事。

葡萄架下的时光，云淡风轻。有谁曾去想过，在安静日子的后面，为何总是隐藏着各种灾难和悲戚？古语有云，生于忧患，死于安乐。诚哉斯言。

关于周怜幽外祖父的资料其实很是简单。外祖父的祖上是清朝官吏，到外祖父的父亲那一辈，家道中落。后来，中年的外祖父，由于身体不好，很早就回归故里。周怜幽所受的教育，很重要的一部分来自她的外公和外婆。所以，周怜幽才如此深切地感念他们。

来了深圳后，周怜幽回首自己的一切，竟然发现自己早已没有什么亲人了。生活虽然艰辛，可是她却抑制不住地想念亲人。外公外婆早已去世，如之奈何？父亲的轻率与薄情，不辞而别，远走他乡，也令人伤心。而母亲，那年代的女人相对保守，由于受到丈夫出轨的打击，不堪忍受；加之年轻，又不善打理家庭、养育孩子，待周怜幽稍微长大后，她得着一个偶然契机，结识了一群信仰佛教的俗家女道友……最后，竟抛家别女，追随那群信徒云游四海去了。

在别人尚在中学念书时，失去外公外婆庇护的周怜幽只身南下，远赴海南谋生，后来又辗转来到深圳，她奔波于各种打工生活，艰难地长大。她像一株干枯的野草，在死亡边缘挣扎，同时又率性而自然地生长。她很孤独，也很悲伤。一个人，没有亲人，甚至没有了自己的族类，这是她生命中无法承受之重。

她像陷入困境的小动物，渴望生活的温存与体贴。她孤独又失意，所幸心中仍存着微弱的憧憬。在童年，外公外婆教会她许多东西。在那些艰难的夜晚和白昼，在那些痛彻心扉的日子里，她经常沉浸在古代的文辞诗句之中，寻找顽强生存下去的力量。

鸿雁于飞，哀鸣嗷嗷。

昔我往矣，杨柳依依。今我来思，雨雪霏霏。
……

谁在春光烂漫的春天送别我？谁在大雪纷飞的冬季守候我？

这仿佛一个人的生命寓言。同时，又是一个穿越千年的古老预言。

外祖父的抚养和教育，给这个童真未泯的女孩带来了朴素却深厚的精神养料。无心插柳柳成荫。在那些备受煎熬的时节，她靠记忆这些忧伤而痛彻心扉的诗句度过人生最黑暗的时期。后来，她长大了。再后来，在深圳，在一个毫不意外的日子，她还不小心生了场病，是女孩在青春期几乎都会有的肚子痛。在人人畏惧的医院，她结识了陷入困境中的黄姐。

有意思的是，认识黄姐后，她竟然快乐起来，人也变得聪明起来。黄姐教会了她很多东西。生孩子的人是有福的，吉人自有天相，这真是至理名言啊。一次不期而遇，一间通过按揭意外购得的小居室，把她从命运的谷底托起。同时，也给她暗淡的生活带来了生机。她以偶然又值得骄傲的机遇，赢得了从人生洼地的第一次崛起。这是一个智商不低的女生，旁人偶然的点拨和帮助，助推她走出生活的阴影。再后来，她开始懂得，应该用心地去琢磨生活背后的奥妙。她知道自己很笨，笨就笨呗，笨鸟可以先飞。用了不长的时间，她就惊喜地发现了一个小秘密，她知道了怎样才能让自己变得富裕起来。在这个时候，她才开始强烈地意识到，在我们的日常生活里，真的隐藏着很多很多的小秘密。

倘若你能够破解那些秘密，你就能够走出一条属于自己的道路。她就这样鼓励自己不断往前走。

后来，她终于察觉到，给她带来幸运的根源或许更多的是外公的教诲与藏书。外公所剩的藏书并不多，而她最喜欢那些破旧不堪的古籍，平时读得最多的便是那本《诗经》。后来，那本泛黄起皱的《诗经》，跟随她走南闯北，一直保存在身边。每天，她会从枕头下面抽出来看上几页，然后用少女的呼吸贴着它入眠，仿佛是临睡前的一个仪式。她觉得，这本读上去既古奥又充满音律感的古籍，文从字顺，言近旨远，教会了她怎样投桃报李，踏实做人。

3

太阳微微偏西。这个时刻，欧冶与周怜幽两人都感觉到饿了。葡萄架下，单纯拥有诗意是不够的，还需要填饱肚子。

他们一直在焦急地等待着院墙外的汽车声。可是，很长的时间里并没有任何的动静。好在过了没多久，谢天谢地，总算听到汽车发动机的声音了。可是，听上去，却好像不止一辆汽车来了。

小院大门那边，首先出现的是荷慧。她长裙飘飘，最容易辨识。她摇曳着走进来，右手竟然还牵着一个小男孩。欧冶好生吃惊，这个女人！她不是出门去订菜饭了吗？怎么空手而归，却又带着一个孩子？

不过，很快他就发现了端倪。原来，在她的身后，还有好几个人，相依相随而来。其中，小茶馆的勤香，她竟然也来了，这女孩！她的手里拎着大包小包，仔细一看，全是塑料袋。在她的旁边，还有一个皮肤黝黑的壮实汉子，很阳光地笑着，他脚穿凉鞋，也拎着包。在他的后面，还有两个欢天喜地的小女孩。

欧冶有些愕然。事情有些乱，他还不能理清楚。待这群人走近，他看见他们远远地就朝这边愉快地打招呼。

周怜幽微笑着，对欧冶说："嘿嘿，你说巧不巧啊，荷慧的老公和孩子也一起来了。"

荷慧的老公？那是他们的孩子吗？欧冶将信将疑，现在生三个孩子的家庭不多吧。何况，他听说荷慧在湖北老家，还生过两个女孩。

这边的三个孩子中，也有两个是女孩。事情真是有趣。如果周怜幽说的是真的，那么荷慧竟然生了四个女孩了。她可真是伟大的母亲。他看见，那两个小女孩年纪相若，长得也有点儿相像。小男孩年纪尚幼，看模样三岁左右，却也能跌跌撞撞地跑。

欧冶感叹道："真厉害，生了这么多。"

周怜幽问："多吗？不多吧。"

"还不算多？看来你的野心也不小。"

"我？没那个命吧。"

"如果有那个命呢？"

周怜幽说："如果有那个命，就生一支足球队才好，哈哈。只可惜，现在这年纪，是完全没可能了。"

等他们都走到跟前，欧冶才看清了那些孩子的脸。两个女孩模样俊秀，果然有些相像，颇似双胞胎。而小男孩呢，长得敦实，不过鼻子里还抽着鼻涕，荷慧正在替他擦。

荷慧的丈夫，名叫曾少勇，欧冶记得他是宝安区沙井人，于是便问他："曾哥，你还是在沙井养蚝吗？"曾少勇是个粗犷的汉子，说话爽朗，回答道："哪里还养蚝？我嘛，现在在大鹏湾捕鱼。"

之所以去到大鹏湾，主要还是因为跟荷慧结婚。保守的曾家人不乐意家族里的男子娶一个离婚女人，还生过两个孩子，大家相处不欢。曾少勇为人爽直，干脆换了份工作，离开了家乡。当然，大鹏湾距离沙井并不太远。可是，不是有句古话说，眼不见为净吗？说的就是他。他嘴里说是去大鹏湾捕鱼，其实是在大鹏所城开了一家网红民宿。欧冶听他说捕鱼觉得有趣，就说："喔，那么好！可以天天有鱼吃啊。"曾少勇大大咧咧地说："吃鱼还不是举手之劳的事？"欧冶又明知故问："这几个孩子，都是你的？"曾少勇听罢笑了，说："哈，让你们见笑了。广东人喜欢生仔，孩子越多越好。现在，政府的政策不是鼓励多生孩子了吗？"荷慧说："就听见你胡说！谁说越多越好？现在两个大的要念小学了，我们大人就有些吃力了，天天都要听你哭穷。"她的丈夫听了，就笑嘻嘻地说："哭穷归哭穷，负担总归是有的。不过，女儿和儿子还是都要好好养，保证让他们念到书。"

大家聚集在一起，手忙脚乱起来。曾少勇在整理那些饭菜，免得碰倒了打包盒。勤香在帮着摆放菜肴、汤和碗筷。周怜幽拎来一只水壶，说是刚烧热的，小心不要烫着。欧冶呢，看见荷慧一个人面对那些孩子照顾不过来，他跑过去，一把扶住那个跌跌撞撞的小男孩。小男孩吓得在他怀里乱踢乱跳，一咧嘴差一点儿就哭了起来。

在苏州小院，后面的安排似乎没有按照欧冶期待的那样进行。他原以为今晚会在苏州小院住下来。可是，周怜幽说："没想到一下子来了这么多人，客房是不够用了，大家还是从哪里来回哪里去吧。各回各家，各找各妈。"大家听罢，都笑了起来。

既然不打算住下，那么到了下午，看着天色不早，他们准备收拾东西踏上回程。欧冶独自来到苏州小院外，远远看着那颇具古风的院墙，忽然想起上午刚到时，他竟然想到了唐代元稹的小说，他好奇自己怎会联想到近千年前那个始乱终弃的爱情故事呢？

哈，张生翻墙。在古代，那可是真翻墙啊，不小心就会被抓个现行，那可真是丢人。

历史的发展导致现在很不一样。一千多年后，现在的年轻男女，早就不用像他们那样偷偷摸摸地去翻墙了。现在的男女，通过手机就能相识，约见，而像张生与崔莺莺那样让人耳热心跳的冒险却少了很多。现在的人即使上了床，也没有什么新鲜的，也不觉得刺激，生活的确是无聊了很多。

譬如他自己，早已不真挚了，直接的后果，就是神经系统的迟钝。他从未去思考过是什么原因造成的，只是笼统地归罪于生活的磨砺，人也变得粗糙。想到这里，他情不自禁地笑了起来。他笑自己，都奔四的男人了，脑子里怎么还有这么多卿卿我我的东西。

这时，有一个声音在他的背后说："好呀！你一个人，偷偷躲在这里笑什么？"

他回头一看，是周怜幽不动声色地站在离他不远的地方，她穿了一件色彩柔和的灰色风衣，头发在风中有些凌乱。

"哎，你吓了我一跳。"他对她说。

不过呢，当他与她四目相对时，他忽然觉得自己并没有被她吓着。正好相反，他喜欢这样的相见。他乐意看到她平静、安详、一声不吭的模样。他觉得，唯有这样，她才特别像那个真实的她。当然，他也喜欢她像现在这样，能够于不经意之间飘然而至，出现在身边，既温柔又亲切。

"北面是山，南边是海。你这地方真的不错。"他故作掩饰地说。

"待了一天了，还没看够？"

"苏东坡曾经说过，惟江上之清风，与山间之明月，耳得之而为声，目遇之而成色，取之无禁，用之不竭，是造物者之无尽藏也，而吾与子之所共适。"

"哈哈，没听懂。"

"苏东坡的话嘛，我觉得好像就是为你而写的。"

"我可担当不起。那可真的需要'往事越千年'啊。"

"是啊，苏东坡先生，他是先知。他知道很多年后，我会在这里遇见你。"

"您又胡扯了。我们早就遇见了，否则，是谁带您来的这里？"

"嘻嘻，不过说起来，我刚才一直在想着你的书房呢。那书房真好。"

"很多人都喜欢它，因为很多人都喜欢房子。"她笑着说。

"拥有房子，比拥有书房更重要吧？"他迟疑地问。

"这得看您怎么想了。"

他猛然之间，一个闪电的瞬间，忽然就意识到了自己的错，他怎么能脑子里总是惦记着房子呢。他故作淡然地说："所以，我才说喜欢书房嘛。"

"当然了，像您这样的文化人，喜欢书房是正常的。不过，对于很多人来说，即使家里有所谓的书房，他们也不再看书了，每天只是捧着手机不放。"

"哈哈，你这是在批评我吧。幸好，我还没有书房。"他笑了起来。

"真的，事实上，当我在设计那个书房时，我一直在想，到底应该让它成为书房呢，还是让它成为餐厅？现如今，有太多的人聚在一起，只是为了吃吃喝喝，为了满足自己的口舌之欲而已。当时就有不少人建议说，不如直接做成餐厅好了。所以，当时有两种声音在我的脑子里打架。一种声音说，你要循规蹈矩，要按照常理来做，既然吃喝重要，那么布置成讲究吃喝的场所又有什么不好？另一种声音说，为什么非要按照常理来做呢？也许，那些所谓的常理只是别人眼里的常理。这是我自己的房子，为什么就不能按照我自己内心的想法，按照我自己的喜好来安置我想要的东西？现在的摆设和布置，您看到了的，现在的定位——正是我内心争斗的结果。唉，我还是有很多妥协的。事后，我一直觉得，一个人若想真正按照自己的愿望活着，其实很不容易呢。"

"怎么会有人说，布置成餐厅呢？难道你是开餐馆的？"

"有人觉得，既然这么远来一趟不容易，不如一来就吃喝上。您觉得有意思吧？哈哈。起初，我也觉得奇怪呢。当然，我没有按照他们的想法去做。"

"你就别在意别人怎么说了。总之，我觉得现在的布置很好，非常好。最重要的是，你喜欢才好。我觉得，这一点，应该成为所有标准里面的最优先的条件。"

"您也是这么看待的吗？"

"你不觉得，雅致的地方，会让人觉得舒服点儿？"

"雅致？"

"就是有文化的所在……"

"唉！请您就别提什么有文化了。我这地方哪有文化？有文化就不会摆满尚未拆封的新书了。真的，您别笑！有不少新买来的书籍，我还真的没来得及拆封呢。当然，我也一直在想，一个人总得有点儿文化，才能活得像人。"她说着，朝他莞尔一笑。

欧冶没想到，她竟然说出这么一番话来。这是他过去从未想到过的。她的这些话，让他重新打量起这个女人。一直以来，他都认为她更像一个物质的女人。因为，约会的时候，她喜欢高雅的场所；吃饭的时候，喜欢讲究的菜品。并且，在他们聊天谈话的时候，她也没有讲过什么高深的话题。现在她说，文化能够让我们活得更像人的样子，这太令人吃惊了。

周怜幽又说："其实，真正的文化都在我们的图书馆里。这个世界幸亏有各种各样的图书馆（当然还有博物馆、展览馆），才让我们的文化没有中断。"她笑嘻嘻地，"幸好，秦始皇坑儒只坑过一回，如果每个朝代的皇帝都焚书坑儒的话，那我们的历史就没法儿写了。"

"至于我这个小地方，就是装装样子的。"她说，"我真的很后悔带您这个大记者来呢，您才是真正的文化人，我这真是丢人现眼。"

欧冶说："哎呀，你就不要嘲笑我了。就我这个样子，我哪里是文化人了？你怎么会这么说呢？我可是真心喜欢你的书房。嘻嘻，我太少体验这样的好地方了。当然我们生活在深圳，有很多好地方，譬如你喜欢的深圳图书馆、深圳书城，还有各种时尚的购物中心……它们都很漂亮，很高档，很有品位。但是，它们都不是我的日常生活。像我这样每天疲于奔命的人，还租着农民房住呢。所以，遇到你的苏州小院就非常神往了。"

周怜幽看着他，说："好吧，那欢迎您以后常来。"

欧冶真的有些恋恋不舍了，他说："真的吗？我原以为，今晚会在这里住下来呢。"

周怜幽吓了一跳，忙说："哎呀！说好了不住的，这个话题您就不要提了。刚才好不容易才把那几个孩子哄住，您可别又去挑起事端来。"

欧冶幽幽地看着她，说："好吧，那我就不挑事了，我听你的。"

4

回去的安排，与来时的情形基本一样。让欧冶惊奇的是，荷慧并不与老公曾少勇和孩子们同车，她要继续在周怜幽这部车上担任司机。而她的老公呢，仍旧自己开车，带着孩子们回家。这样的分开让孩子们面面相觑，差一点儿哭了起来。不过，这一回，欧冶算是见识了荷慧的果断和霸气，她在老公面前、在孩子们面前都有一股说一不二的威严。分开的时候，孩子们不敢说话，你看我，我看你，也不敢哭闹，只是依依不舍地频频回头，然后跟着老爸上车，沿着另外一条路回家。

回到深圳市区，已是临近黄昏。夕阳西下，红艳艳的一片，有些晃眼。早晨东去时，是迎接温馨的朝阳，如今打道回府又是迎着夕阳。欧冶想到了一句歌词，"我们的队伍向太阳"。

不过，也许是累了，大家都没有笑。

到了深南东路，周怜幽忽然对荷慧说："时间还早，我们去一下浪人湾府邸吧，那里的物业管理处打电话来说房子漏水了，我们过去看看情况。"荷慧问："那个租户不是已经搬走了吗？"周怜幽告诉她："租户移民去了加拿大。不过，退租时她没去检查一下。如今人家投诉说房子出问题了。"

荷慧显然是知道周怜幽口中的那个住宅区的，她应声说了声好，在笋岗路调转了车头，朝翠竹路的方向驶去。不多会儿，汽车来到一处住宅区的门岗，荷慧将SUV开进了小区。然后，在一幢低矮小楼跟前停下来。他们几个人一起下了车，向物业管理处的大门走去。

由于事先打过电话，这时物业管理处的工作人员出门相迎。来者是个男性，穿着工作制服，四五十岁的模样，长得敦敦实实的。看上去，周怜幽与他相熟，他们站在大门前谈话。欧冶看见那男人让周怜幽进屋去谈，周怜幽摆了摆手，没有动身，他们就站在原地说着话。几个人见他们在屋外谈话，就停在不远的地方候着。

不多久，周怜幽转身招手让他们过去。荷慧和勤香正在笑嘻嘻地聊天，她们礼让欧冶先行。然后，中年男人带着大家，一起往十一栋走去。周怜幽的房子在十一栋的三十楼，电梯里，这位男物业人员告诉周怜幽："您家楼下，就是二十九层的那户住家，最近一周都不在家里。他们带着孩子出国旅游去了，还没回来。"

正说着，电梯到了。周怜幽打开房门，欧冶才发现这套住房又不一样。整套房子的装修简单多了，四周墙壁，皆是普通的白色乳胶漆，地上铺的地砖。室内的家私，是常见的木质沙发桌椅，而衣柜则是空空如也。如此情形表明，曾经的租户已经悄然撤去。

欧冶发现，这屋子的风格和档次，与苏州小院相比，大相径庭，完全不在一个层面。

那位管理处的男物业人员边说话，边带着周怜幽去厨房检查。楼下住户反映，他们的厨房屋顶漏水。漏水的位置可能就在这水龙头下面。但是，查看后发现，水龙头下面是干燥的，没有积水，也没有渗水的痕迹。管物业的男人猜测，是不是埋在地砖下面的水管爆了？或者是水管接头松动了？谁知道呢。

欧冶本想过去帮忙的，可是，平时习惯了做甩手掌柜的他，哪有与人谈判的本事呢。他眼睁睁看着周怜幽孤军奋战（他是这么想的），却一筹莫展。

他们察看完现场，没有什么发现。欧冶看到那个男人走过来，跟周怜幽面对面地低声商量。没过多久，他们似乎已然谈妥。那人告辞离开。

欧冶心情郁闷，作为男人，他忽然感觉到了自己的无能。是的，他好像是个废人。他曾经自嘲是"大龄废柴"。这话真是没有说错。在周怜幽与那男人交谈的时候，欧冶由于无法帮到周怜幽，只好盲目地跟着荷慧在房间里面转悠。

房屋够大，间数也够多，起承转合，全随心转，这就给了勤香用武之地。勤香虽然有些胖，可是胜在年轻，脚步快，身形灵活，她不断地出现在这间房内，忽而又跑到了另一间房。所幸每次伸头露面，都是温柔的笑靥和悦耳的笑声，红扑扑的脸蛋甚是惹人喜爱。否则，如果她忽地露出一个头来，一定会吓着别人。在欧冶看来，这房子虽然远不如苏州小院，可是，比他租住的农民房也好太多，房子不仅大，而且结构合理，倘若加以精心设计与装修，这坠入红尘的"落魄民工"，想要变脸成俊俏的"小生"抑或优雅的"青衣"，只在股掌之间。有房子真好。他在心底深深感叹。他追随荷慧四处去看了看，越看心里越不是滋味。这周怜幽到底是什么人呢？在他原来的认知里，周怜幽不过一个普通女人而已，她怎么会有这么多的房子？

阳台宽大，呈略一弯弧度的长方形，正是欧冶心目中理想的享受阳光之所在。倘若……倘若能够有幸依偎在专备的吊椅里，则尽可享受悠闲的休憩时光，饱览整个都市风情。夕阳西下的蔼蔼暮色笼罩全城，依稀可辨的是，西边绵延的城区是福田乃至南山区，灰与绿是主色调。北面呢，是奇峰突起的求水山，虽然海拔不高，却像街头公园一样喧闹。而东面自然是本市最高峰梧桐山了，那里已是国家级风景名胜区，周末游人如织，且山下有艺术小镇可供造访。当然了，还有南面香港的群山——那是香港与深圳接壤的北部山区，目前尚属人迹罕至的地方……欧冶仿佛发现，三十层的高度，竟能看到如此广袤的世界，他有些吃惊，觉得有些不可思议。真的，高楼之上不仅给了他浩阔的视野，同时还能一睹层林尽染的现代都市，风景真是如画一般的美。

想到这些，他禁不住长长叹息了一声。

后来，不知过了多久，周怜幽招呼大家离去。当他转身跟随众人的脚步出门时，忽然又想起了什么来，刚才他瞥见周怜幽与那男人在沟通处理事情，她办事的语气与模样，举手投足之间，恍若当年的一个人。

寻思良久，他方才想起来了是谁，那人竟然就是失联已久的可人儿——那个名叫周幽的女孩。

他一时气短，头脑空白。

为什么总会想起她来？他感觉自己犹如困兽，无法摆脱这荒谬至极的联想。

从苏州小院回来后，欧冶被派往广西百色地区，去采访几位深圳派驻在当地搞建设的教师和医生。虽说现在高铁四通八达，出行非常便利，可是到桂西地区，交通仍有诸多不便，而且，他的最终目的地并非百色市而是西林县。去西林县必须乘高铁先到广南县，广南县又在哪里呢？它在云南文山壮族苗族自治州的辖区范围，通了高铁。他需要跨省从广南再搭汽车去西林。这样，在路上前后需要花费几乎一整天的时间。

在西林县，他整天东奔西跑，今天在县医院或者乡卫生院，明天又赶到了不同的学校。他整天忙于采访，晚上回到酒店还需要写稿。偶尔，歇口气时，他会想着跟周怜幽通一通电话，可是次数并不多。由于忙于工作，他倒是没有疏于联系的感觉。途中路过乡下集市，看到一只民族特色的绣花手袋很好看，而且不贵，就买了下来想送给周怜幽。等他从西林回来，屈指一算，才发现他已经有比较长的时间，没有跟周怜幽联系过了。

他给周怜幽打电话，周怜幽的电话却是关机状态。起初，他还并不在意，猜想她或是在睡觉，或是手机没电了，认为尚属正常范围。可是几次之后，对方的手机依然是关机，他开始有些纳闷了。开始猜测她是不是出什么事了？难道又生病了？或者生他的气了，干脆删了他的电话？左思右想，不得其解。一个人无法证伪之时，便是其思维最活跃的时候。后来，他承受不了胡思乱想的煎熬，实在忍无可忍了，便干脆直接奔赴小茶馆，他要登门见个虚实。或许她躲在她所喜爱的小茶馆里自得其乐呢。可是，当他来到小茶馆后，才发现周怜幽亦不在。而且，碰巧荷慧也多日没来上班了。他问勤香："她们俩是同时不在的吗？难道这两个人也同时失踪了吗？这也太蹊跷了吧？"勤香见他这么说，有些生气了。于是，一口咬定，说她什么都不知道。对嘛，她怎么可能知道老板到哪里去了呢。

正在一筹莫展的时候，他接到了陈有礼打来的电话。陈有礼埋怨他为何最近总是失踪，然后，又颇为兴奋，以无比低调亲切的态度，告诉他单身生活的又一个好去处，"我发现了一个新玩法，就是现在风行于市的健身房。你不知道，现在的美女都涌到健身房来了。若你的身体还吃得消，那么快点儿来吧，这里各式各样的美女应有尽有，无论你想要年轻美人，还是中年少妇。她们所拥有的，若非青春逼人的诱人胴体，便是比泳圈更肥的钱包"。

下卷　　她的故事

第四章　凯风自南

1

那天贸然带欧冶去浪人湾府邸，虽说是顺道，也有偶然发生的理由，可是回到家后，周怜幽就心生悔意了。她责怪自己头脑简单，遇事不想后果。毕竟，她与欧冶相识的时间并不长，仔细想来对他的了解依然不够。从某种意义上说，她所获悉的新情况更是寥寥，与青澜姐知晓的那些基本的情况，仍然相去不远。反躬自问，自相识以来，她到底重新了解他有多少？回忆前前后后的相处，回忆那些时间和节点，回忆他的表现和态度……她知道自己并不接受他的做作。看他说话做事，恍然有在演戏的感觉。他那犹如定格般的微笑和礼仪，让你无法看到他背后的心态和好恶。想起来，就是这一点让她生疑。而关于这方面，她是拥有足够发言权的。早年在海南一家国际五星级酒店当服务员时，她就接受过专门的礼仪、服务的职业训练。当年还小，才十七八岁，凭着专业的训练，她知道了一个女人微笑的价值和力量。当然，培训带给她的好处不止这些。还有形体动作的训练，挺胸收腹，对一个女人气质的提升有莫大的帮助。她甚至还接受过专门的外语口语培训，英语口语当年也还过得去，起码简单的沟通和交流难不倒她。而且，她还会几句日语与韩语。那都是一群天天在一起嬉闹的小女生相互好奇才学会的。不过，由于生性胆小、腼腆矜持，她平时经常选择主动性缄默。多年"免开金口"的习惯，让她现在差不多忘了怎样讲外语了。当然，她也并不在意。想到自己都到了这个年纪，且深圳人才比比皆是，她也就不想去凑那个热闹了。

欧冶那样始终如一、固定格式般的和蔼浅笑，便成了一个疑点，这导致了她的不安。回想起来，每次用餐，欧冶皆拒绝饮酒。有时即使她来了兴致，他也是一副很有礼貌却恕不奉陪的谦恭模样。这一点，曾经很让她懊恼。为何呢？那是因为有不止一次，她在他的身上闻出了酒气。现在仔细一想，那几次闻到酒气的见面，全是偶然的相约。周怜幽是性情中人，有时候情绪来了，会情不自禁打电话给朋友，约人过来喝茶聊天。当然，也包括喝酒。那样偶然的相约，他是来不及掩饰自己的。

其实，她并不反对他喝酒，甚至也不反对男人抽烟。只要不过分就好。何谓过分呢？就是迷恋到了酗酒的程度。凡是酗酒的人，无不成了酒鬼。而烟不离身的人，亦需要小心自己成为烟鬼。嗜好一旦荣登资深的榜首，便有沉溺淹没的危险。关于酒，她奉行小酌可以怡情的原则。早先，她是从不碰酒的，说起来，也算是生活所迫，十九岁还是二十岁那年，她辞别海口来到另一个海滨城市深圳，先后找了很多份工作。后来在一家做冷鲜土鸡生意的贸易公司停留下来。公司老板是山东人，姓蔡，叫蔡天亮。他见周怜幽长得亭亭玉立，气质与容貌俱佳，心生欢喜，便招她做了员工。每次谈业务，吃饭喝酒，都要带上她。周怜幽起初婉拒，可是老板不肯，说要谈妥业务哪有不吃饭的道理？她总这么躲避不是小看他们山东人吗？没办法，她只好奉陪。那一年，她发现自己终于被训练成了出入红尘、醉生梦死的小酒鬼。她害怕了，年底收到奖金后，便落荒而逃。那种经历，给她留下了无法抹去的记忆。时至今日，遇到心烦意乱的时刻，她竟然会情不自禁地想去找个地方喝一杯。

但是，这样的情形，她是决意不会告诉那个男人的，那个男人，她指的就是欧冶。是的，她当然不会让欧冶知道，她烦恼的时候会去找地方饮酒。

其中的一个原因就是，她担心，倘若那个男人（无论他是谁）知道后，会从心底里开始歧视她。他们会说，哎，这个女人，这个婆娘，怎么会是个酒鬼呢？

事实上，她并不是一个酒鬼。她一定要替自己申辩。真的，她不是酒鬼，只是受到生活的影响而已。长年孤单寂寞的独身生活，在无形之中深刻地左右了她。这种生活，让她在不经意间，终于变成了一个无所顾忌、特立独行的女人。

自从衣食无忧后，她慢慢地就很少去上班了。后来，她辞去了此前最后一份工作。她的最后一份工作，是在一家保险公司做推销员。这是深圳许多女人喜爱的一种工作。原因很简单，就是拥有充分的时间可供自己自由地差遣。在做保险工作前，她就想过，还是找一份自由的工作吧，而保险业务颇合她意。做保险业务每天不用坐班，可以很少去公司。而且，假如热爱这个城市，还可以整天奔波在这城市的每一条街道和小巷。可以拜访每一个想去拜访的人。可是，没多久，她就厌倦了这样的活法。因为她并不喜欢与人打交道。某种意义上说，她也并不喜欢整天穿行在大街小巷里，风尘仆仆。所以，没多久她就毅然辞去了这份工作。

后来，她冲动地跑去注册了一家经营鲜花业务的公司，名字就叫金蔓花业。她很喜欢这个名字，又有钱又温柔，哈哈！她成了这家公司的业务员、设计总监、总经理，还有董事长。所有的职位、头衔、荣誉名称……她想要哪个就要哪个，她想要拥有什么头衔，就能够拥有什么头衔。有生以来，她第一次可以自豪地身兼如此多的职位，她简直太幸福了。

然而短暂的躁动和激情过后，她感到了忧伤和孤单。生活中，并没有多少人可以分享她的喜悦和兴奋，愉快与幸福。当音乐响起，能够伴之以舞的，只有区区几位好心的年轻员工而已。况且，她们是否真的替她开心，也未可知。再后来，她就什么也不管了，将业务全权委托给荷慧。幸亏荷慧是个能干的女人，且富有责任感和职业道德，人品也不错。这些，让她少了很多麻烦。

欧冶的出现，是一个意外。她原本心意已决，抱定了不再约见男人的想法。这也不是什么了不得的事，无非就是此生不嫁人而已。可是，作为一个女人，她身上的母性却没有去除殆尽。早年她渴望遭遇爱情，拥有亲情，醉心家庭。可是，现在一个也没有实现。少女时代，她甚至曾经渴望过能够拥有一群孩子。真的，是一群哦。她要生育整整一个足球队。那曾经是一个女孩的辉煌梦想。可是，越是渴望什么，上天就越不给你什么。时至今日，她仍然孑然一身，相看两生厌，只有敬亭山。

然而，接触了男人之后，她才知道，男人并不好相处。尤其是这次与欧冶的交往，虽然还不能下结论她与他的关系到底会怎样，可是她感觉并不是特别好。唉！有一本书不是说了嘛，男人来自火星，而女人却来自金星。来自不同星球的两种人，怎么才能好好相处下去呢？现在看来，她的困惑，不只是她一个人的困惑。有书为证，而且是外国人写的书。这是不是说明，这个地球上的人类，到处都存在着诸多无法解决的问题？倘若确实如此，那么，她与欧冶的交往，又将会如何呢？

从自己的心里，她仿佛读到了一些挥之不去的忧愁和胆怯。

2

自苏州小院回来后，周怜幽就心生厌倦。这种烦躁与无奈，好像并不是针对某个人或某件事。可是，却总是让人忧伤，让人沉沦。在某个晚上，她思前想后，决定约上荷慧一起去九爷山下的一家冥想疗养会所待上一段时间。郁闷的心情需要抚平。除此之外，她听荷慧说，那家深山里的冥想疗养会所附近，有处古庵名叫青莲古刹，据说是晋朝人所建，历史上曾经荒废过，后来从江西的龙虎山来了一位出家人，在这里住了下来，慢慢地，这里就有了香火气息。不知过了多久，就发展成了现在的模样，规模不大但香火日盛。两年前荷慧去那个尼姑庵求过签，认识了庵的主持青莲庵主。这次，荷慧对她说："若有时间，我们也可以前去探看一下，你也求求签，好不好？"

周怜幽听了建议，没有吭声。对古寺与古庵，因为母亲义无反顾的宗教皈依，她天生有一种抵触与幽怨。

出发那天，周怜幽忽然想到不该邀请荷慧来，她带着歉意对荷慧说："荷慧，我忘了你是个有家的女人了，家里还有那么多孩子，你就不要陪我去了。"

荷慧说："没事啊，我都准备好了。"

周怜幽执拗地说："不行，不行，你还是不要去吧。否则，你老公要骂死我的。"

"怎么会？"荷慧想了想，又说，"要不这样，我们选择一个折中的方案好了，我陪你去，你住下安顿好，我就回来。你看如何？”

　　周怜幽想了想说：“这样也好，你陪我去看看，也算去了一趟。你就权当出门游山玩水一趟，休了一天假吧。”

　　抵达九爷山下的冥想会所之前，她们先经过了莲花镇。莲花镇名字好听，一路上却没有看到想象中的田田荷莲。她们的汽车拐入小镇，打算先在镇上逛一圈。途中路过一个大型菜市场，周怜幽好奇心生起，遂特意嘱咐荷慧停下来，她要去小镇的菜市场看看。在深圳，她好像还没有去过城里的菜市场买过菜呢。她只是知道自己住的附近有那么几家菜市场，每次都无缘得见。而市内更著名的肉菜批发市场，一个在梅林，另外一个好像就在布吉关内。每次坐车路过，她才依稀看到那些建筑的身影掠过。所以，这一次，她怀着新鲜好奇的心情，下了车，走进了这里的一家本地菜市场。

　　菜市场里看上去品类丰富，案台上面摆满了各式新鲜的蔬菜，远处是数排把肉挂得高高的肉档，色泽鲜红的猪肉、牛肉和羊肉，仿佛应有尽有。而海鲜档就更多了，到处是满玻璃缸的水产品。她认不出那些鱼虾蟹贝，只看见水花乱溅。她跳跃着，躲着那些仿佛通灵性一般的水生之物。后来，她突发奇想，对荷慧说：“荷慧啊，我们不去冥想会所了好吧？不如买一大堆鱼肉虾蟹，蔬菜瓜果，回去好好做一顿饭吃怎么样？说真的，到现在我还不会做饭呢。说起来，真令人惭愧！”

　　荷慧哈哈大笑，说：“你看你这个人！怎么竟然想起要学做饭了？这也太迟了。我们不是都已经快到冥想会所了吗？现在即使买好了菜，回去做饭也来不及啊。”

　　周怜幽心生愧意，说：“你看，我这不是突然间才感到后悔了吗？过去那么长的时间，你看我哪次想过要去学做饭的？单是买菜我就不懂。更不要提怎么洗菜，怎么切菜，怎么架锅炒菜了。倒是看过一些菜谱，没看三行字就看不下去了，那些食谱配图好漂亮啊，几乎以假乱真，看得人直流口水。后来，又强迫自己，去背诵厨师炒菜口诀，现在只记得开头几句，'炒之技法真是多，个个牢记没有错。有生炒来有熟炒，滑炒清炒要记牢。爆炒水炒和煸炒，干炒方法用得少。难度最大数软炒，宫廷炒法有抓炒……'哦，还宫廷呢，哎呀！下面的就忘记了。再往下好像还有什么'香港炒法避风塘，蒜蓉豆豉面……'，'面'的后面是什么？"

荷慧听了，先是有些发愣，后来才明白过来。等周怜幽来问时，已经笑得不行了，荷慧说："老天！我哪里知道'面'的后面会是什么？我只知道街边小店，卖的是包子和粉面……也许口诀要倒过来看，叫'面粉'？"

"怎么会是面粉？哎呀，你真是胡说……哎，我想起来了。后面好像是'蒜蓉豆豉面包糠……'。哈哈，我来考一考你，就问你，啥叫面包糠？你看，我就是这句没看懂，所以，后面的东西，就都记不住了。"

"你比我强，你刚才说的，我全都没法儿记住。我只记得一句话。"

"一句什么话？"

"就是……'下面'。"

"什么下面？"

"我只会'下面'。"

周怜幽这次听明白了，荷慧是故意说她只会煮面条。下面！哈哈。

"比你差远了吧。你还能背诵那么复杂的菜谱，我可什么也不会。嘻嘻，不知道的人，还以为我是陕西那边的女人，只会下面条，做馍馍。"

"你个坏女人！逗我！要我说会煮面条也好，可是我只会吃别人做的饭。唉，不如现在就买点儿菜和肉，回家好好学做饭去？"

"那还是跟我去'下面'吧，嘿嘿。"

她们就这样调侃着，然后上车，继续往九爷山驶去。到了冥想会所，荷慧帮周怜幽安顿好了住所，然后就驱车返家。周怜幽在山里，每天按照会所的规矩，起床，吃饭，练功，上课。在这里，她必须按照要求关掉所有的电子设备（手机、电脑等）。然后，在这里安静修炼，整整待了十天。到期后，荷慧又来接她回去。

3

回到深圳后，她俩在回程途中商讨准备实施一个有趣的方案。这个设想是，打算在周怜幽的家里，大张旗鼓举办一场小范围的淑女厨艺秀。天天在外面吃饭，她们也吃厌倦了，想尝尝自己的手艺。

荷慧说："唉，说来说去，你还是忘不了莲花镇上的那个菜市场。"

"每天在冥想会所，过的就是清汤寡水的生活。每次想起莲花镇的菜市场，我就感觉到了每条鱼，每只海蟹，每群海虾……都在朝我飞过来，哈哈。"周怜幽乐呵呵地说。

"那你咋没见那些大黑猪、大肥牛朝你走过来呢？野兔呢？山鸡呢？田鼠和狐狸呢？"

"乱讲！哪里有狐狸？"

"你这么机智，又有想象力……像不像狐狸呀？"

"你取笑我。"

"哪里敢？"荷慧笑了，问了个有点儿"蠢"的事，"既然举办淑女厨艺秀，那我们到底是叫'淑女'好，还是叫'熟女'好呢？"

周怜幽听了，当下不高兴了，"什么熟女？欺负我老了？你不在意我还不乐意呢，"她说，"既然问得仔细，不如叫'庶女'。"

荷慧问："什么叫'庶女'？"

"又不知道？若真不知，赶紧去查词典看看，或去百度查一下。"

荷慧叹气说："只是跟你说个话，就要别人去百度，你也真是太累人了。"

"不愿意查词典，又不愿百度，那就只好叫'庶女'了。"

周怜幽说，叫什么名称，她都不在意。荷慧就想，她不在意，那自己也许会在意了？可不能吃这个亏。周怜幽心思细腻，惹恼了她，准会刁难你。荷慧要弄清楚这个"庶女"，到底是什么意思，想是想不明白的，文化有限，水平摆在这里。她只好拿手机百度。待她看清了"庶女"的意思，不禁莞尔一笑，原来这个词的意思里面，还暗藏着这么一个意思——周怜幽不就是想说，我的父母总有一方偷情嘛，所以才生下了我。好毒舌的怜幽妹妹！当然，她不敢生周怜幽的气，她知道周怜幽的性格，周怜幽独往独来惯了，没什么不敢说，也没什么不敢做的。所以，只好睞着她笑。

"你笑什么？"周怜幽问。

"不能叫'庶女'，我们都不是庶出的。"

"哼，你才知道呀？"

"知道'庶出'就了不起啊？"荷慧说。

"你本来就不是'庶出'的，又担心什么呢？看你，见风就是雨。"

"哪里有？"

淑女厨师秀只是周怜幽找的一个由头而已。既不用挂会议横幅，又不用颁发获奖证书，更没有媒体宣传。不过，作为一个日常生活中的小创意，还是受到了广泛欢迎。荷慧动员了一干人，热热闹闹准备起来。被选来参加的人不少，除了小茶馆的勤香及她的几位同事，还有金蔓花业的部分员工。为了办好这次活动，周怜幽给她们专程放了假，组织人员一起去采购食材和其他物品。

这一天，荷慧心血来潮，提议写几个字作为活动主题，贴在客厅里。这样，活动就变得很正式了。既有主题，又有内容，看着也舒服。还可以举办一个启动仪式。那么，写哪几个字呢？荷慧想不出来。

"不如就写，'淑女厨艺秀'？"好半天，荷慧才挤出这么一句话来。

周怜幽想了想，说："不好。"

"为什么不好？"

"不够雅。"

"那么，你想一个呗。"

周怜幽说："既如此，不如改一个字，让这句话变雅一点点。"

"改一个什么字？"荷慧好奇地问。她来自乡村，虽然上过学，念过书，到底还是文化底蕴不足。

"我这样改，你看看怎样？"

周怜幽在铺开的宣纸上面，先用毛笔写了几个小字：淑女厨娘秀。

"啊，厨娘？"

荷慧看了，惊得张口结舌。她不明白这样写有什么好处。厨娘耶，看上去不是反而更俗了吗？而所谓的"厨娘"……一个"熟女"她都……现在这样写，岂不是更戳着了怜幽妹妹的痛处？

哪知周怜幽低着头，一边写，一边偷笑。她说："荷慧，你有所不知，俗话说，俗到极致，便是雅了。"

自然，这里她说了算。她爱写厨娘，那就写厨娘吧。当然，到了最后，荷慧去看她到底写了什么，才发现她写的仍是"淑女厨艺秀"。

周怜幽说，"写'厨娘'，对于我们来说，没什么。对于那群才刚出社会打工的小姑娘来说，就有些不公平了。"

"又怎么不公平了？她们以后，不也要结婚生子，洗衣服做饭，不也就顺理成章地成了厨娘了？"

"你觉得可以？"

"当然可以啊。"

好吧。周怜幽想了想，决定按照荷慧的意见，就写"淑女厨娘秀"几个字。

荷慧歪着头，看周怜幽写那几个字。人是漂亮的人，字是漂亮的字。她便情不自禁地夸奖起来，称赞周怜幽的字好看。末了，她忽然想起一事，便跟周怜幽说："不如邀请欧冶一起来玩？让他也有所准备，你们也很多天没有见面了。若想参加的话，必须要来献艺。"

周怜幽想了想，回答说："好吧。那就让他也来。"

周怜幽的这个家位于罗湖区的中部靠近香港的位置，所在的花园唤作"春风里"。按照开发商的宣传，定位系所谓城市资源型的高档住宅区。周怜幽不屑于替小茶馆取名，却替自己的家取了个奇怪的名称——凯风自南。有一幅书法，悬于门额之上为证。这一天，十几位小女生叽叽喳喳地来到这样的豪宅，看到这个名字，她们全都站住发呆。大家你看我，我看你，皆面面相觑。

这是什么意思？无人能答得出来。

　　但是，也没有人敢去询问周怜幽，这个名称到底是什么意思。不过，她们的记忆比鱼七秒钟的记忆时间，只稍微长了那么一点儿。一进门，不到十秒钟，她们便将这个奇怪的名称忘得一干二净。大家转而七嘴八舌，纷纷惊叹于这房子的宽大和豪奢。其实，豪奢是谈不上的，周怜幽并没有于此置办什么高档的家私摆设，也没有过于奢侈的装金贴银让人眼花缭乱。可供这些年轻女孩们咋舌的是，这房子实在是太大了。来深圳打工多年，她们当中，无一人看过如此豪阔的住宅。

　　大家感叹了一番，突然便都不作声了。因为她们均情不自禁地感觉到了自己在这样场合的渺小和局促。

　　荷慧见状，便笑嘻嘻地招呼大家随便些。她领着大家参观各个房间。在主卧室，这群女孩看见偌大的房间里，空空荡荡地只摆了一张大床，和一张小床。大床比平时看到的双人床都要大，床上铺着丝绸被褥，在窗外光线的映照下发着幽光。大床旁边，还摆放了一张精致的童床，也是锦缎铺就。两张不同的床，仿佛唇齿相依一样，彼此呼应。众人不解，就问为什么会有一张小床呢？一群女生，自然就想到了生育。有人窃窃私语说："周总有男朋友啦？是不是快要生孩子了？"又有人去制止，嘱咐不要乱说话。然而，周怜幽既不言语，也不澄清，仍旧只是笑吟吟地默然以待，她示意她们可以自由地去各处房间看个够。最后，才召集大家一起去厨房开始准备今晚的节目。一群风华正茂的女生们，纷纷摩拳擦掌，跃跃欲试。今夜，便是她们大显身手的好时机。

　　哈哈，大显身手？许多女孩听了很兴奋，同时，也不好意思地笑了。她们多数来自农村或中小城镇，在老家并无多少机会学习如何做菜煮饭，现在之所以还能够下厨，只是因为来了深圳，为了避免挨饿而不得不依靠自己的双手。所以，从这个角度看，深圳还是很锻炼人的。

周怜幽望向大家说："今天既然都是来玩的，就要用玩的心态来干活儿。大家要快快乐乐放开手脚干！不要担心，不要害怕，更不要害羞……哈哈，有什么绝招，你们可都要使出来哦。"接着，荷慧又宣布了几条纪律，其中最重要的一条是，不劳动者不得食。意思就是，每个人都要献出自己的拿手好菜。"不做菜的不让吃饭。嘻嘻。大家注意了，到时候，你们可别饿着肚子回家。"

"不干活儿就没吃的？那岂不是要被赶出去？"

那个名叫张倩儿的女孩吓着了，调皮地伸了伸舌头。

"单纯干活儿而不做菜的，也要赶出去。"荷慧笑嘻嘻地说，"事先都说好了嘛，每个人必须做至少一个拿手好菜，才有饭吃。我们今晚，就等着那个让人惊艳的小厨娘诞生呢。"

这群女孩听了这话，知道了保证不饿肚子的先决条件。大家便笑嘻嘻地，你推我，我搡你，一齐跑到厨房干活儿去了。

欧冶来得晚。其实也不晚的，是在荷慧通知的时间之内抵达。不过，这个时候，所有该来的人都来了。周怜幽早已做好了她的"厨娘菜"。在出场之前，她奉行保密原则，不告诉欧冶她到底做的是什么菜。

她微笑着，问欧冶："今晚，您打算做什么菜？"

欧冶有些窘迫，他来深圳多年，或者说，在这个社会混了很多年，从未自己开过伙。平时，不是去餐馆里吃饭，就是打电话叫外卖。为了应付荷慧的"威胁"，他怀着不甘受辱的心情，来之前在自己租住的农民房里，反复练习了一番。他对周怜幽说："我实在不懂得做菜，只会做番茄炒蛋哦。"

"哈哈，敢拿番茄炒蛋当成自己的拿手菜献给大家，想必那是您做菜手艺的一绝，欢迎欢迎。"周怜幽鼓励他说。

欧冶赶紧说："哪里算是一绝啊。只是过于简单，勉强来献丑的。我最后来吧，期待你们大家的隆重登场和精彩献艺。"

荷慧笑着提醒他说："想糊弄过去可不行哦。"

"岂敢，岂敢。"欧冶说完，想起一连十几天自己没有联系上周怜幽，他去看周怜幽的表情，看到她很高兴，他才放下心来，并对周怜幽说："好些天没见面了，不知近来可好？"

周怜幽说："我也才从外地回来。荷慧不是告诉您了吗？前一段时间，您去了广西的西部地区，那边怎样了？听说路途很遥远，中间还要转车，您到那边去工作，应该非常繁忙吧？"

欧冶简单叙述了一下在广西西林的经历和情况。正在说话时，他听见厨房那边好不热闹！转头去看，瞅见那边居然藏有那么多的年轻女生，正在嬉笑，不由十分诧异。他顿时眉开眼笑，来情绪了。那些清脆的笑声和年轻的气息，令人心旷神怡，蹙眉大展。欧冶体内的荷尔蒙水平，亦于片刻之后开始一路飙升，整个人也精神多了。荷慧见他眉飞色舞，就取笑说："看来欧先生喜欢热闹！是不是见我们这里女生多，眼睛都开始放光了？"

"哪里放光了？大家不是都很开心吗？"听见荷慧说自己，欧冶情不自禁小心起来。他显得很是害羞，说话也不自然起来。也许，是自己的表现失当了，才让荷慧瞧出了些破绽？可是，他应该并没有显示出什么特别过分的举动啊。或者，在某一个环节，他放松了自律？唉，做一个男人真不容易。平心而论，这世上哪个男人，见了一群如花似玉的年轻姑娘不会凡心骚动呢?

周怜幽见状,就批评荷慧:"哎呀,荷慧你过分了,欧先生说得对呢,今天大家都很开心嘛。况且,异性相吸才是天道。俗话说,男女搭配,干活不累。欧先生来了,那些姑娘们开心才对。哈哈。倘若欧先生愁眉不展,姑娘们罢工,或许我们今晚都没法儿按时吃饭了。"

欧冶听了,心想,没想到周怜幽还懂开玩笑呢。听她说话,也是有板有眼,说得都有道理。而且人也很开明。不过,转念一想,他便感到了某种异常。之前的周怜幽,可并不是这样坦然开放的啊。他心下疑惑,便朝她瞥了一眼。这些,全被周怜幽看在眼里。她努力装作平和安静的模样。欧冶见她这样,心想,倒是跟过去所见也差不了多少,并没有什么特别不同的神情。可是,为什么他就听出了她的弦外之音呢,难道是自己多疑了?

那群姑娘见有男性加盟,有意无意间,一个个都慢慢围了过来。

人到得齐,荷慧就充当了半个主持人。她将欧冶先生介绍给众女孩。然后,又将这些姑娘们一个一个介绍给了欧冶。欧冶有些喜形于色,乐不可支。有姑娘问欧冶:"先生您既然是大报名记,咱们今晚的盛大活动,就让贵报报道一下呗。"大家一听,这不是故意在说笑话嘛。这种下里巴人的民间小型活动,如何见报?但是,那个姑娘似乎非常认真,她一本正经地说:"咱们今晚这么重要的活动,怎能不见报?"有人嚷着说:"当然要见报啊,见报,见报!"大家异口同声地说,然后笑作一团。那个问话的女生,性格颇为活络有趣,人长得也俊俏。周怜幽看去,竟是她所不熟悉的那个东北女生,好像叫易什么?荷慧见状,便告诉她:"那女孩叫易晓冰,辽宁沈阳来的，她可喜欢说话呢。"易晓冰余兴未了，抓住欧冶还想纠缠着问他一些问题。荷慧打断说："还是先上菜吧。你们就不着急了？不想看看各位大厨今晚都做了些什么样的拿手好菜？"她提议说，"要不，今晚做一个游戏，见菜猜人——看端上来的菜肴，再猜厨师（在场的这些女生们）是哪个省来的？哈哈，正好我们这些姑娘们都来自不同的省份嘛。"大家听了一齐叫好。

正在说着，只见一个矮个子女生出场，她叫曾香荔，端上来的是鲜香滑嫩、葱香四溢的葱油鸡。有人喊道："哎，曾香荔这个太容易猜了，这不是一看就知道她是从哪里来的吗？"

荷慧见状，赶紧拦住不让说出来，然后对那人说："又不是要你猜，你急什么？忘了跟大家说了，你们之间自然是熟悉的，不过，今晚有两个人对你们都不够熟悉，一个就是咱们的周怜幽周女士（周怜幽不让她叫老板），还有一个，就是这位欧冶先生。今晚，只能让他们两个人猜了。"

周怜幽听了，马上说："我嘛，倒是都认识得差不多了，只有少数几个新来的不熟，还是让欧先生猜吧。"

欧冶见她这么说，就陪着笑了起来，他装作很感兴趣地说："这种游戏嘛，有意思！这位女生，好像比较好猜哦？葱油鸡嘛，广东才有的。那么，你应该是广东人？"

有人追问："既然你知道她是广东人，不如再猜一猜，她到底是广东哪里人？"

欧冶一下愣住了。广东哪里？这还怎么猜呢。他只好胡乱说了。

"广东，嗯……是广东韶关的？"他问。

荷慧问："曾香荔，你是韶关人吗？"曾香荔害羞地说："不是，我是梅州的。"

欧冶看自己显然猜不中，就赶紧给自己找台阶下："还是猜到省份为止好了。具体哪个市的，那个太难猜了。"大家不依，荷慧看着周怜幽，周怜幽说："只猜到省份就够了。若要猜到市，怕你们彼此也猜不到。"

曾香荔做的葱油鸡，看上去新鲜可人，香气扑鼻，好吸引人的味蕾！欧冶咽了一下口水，问那姑娘："这只鸡要做很长的时间吧？"曾香荔回答："只需二十来分钟，差不多就够了。"欧冶吃惊地说："这么快吗？"

接着，过来的女孩，叫向月华。她端出来的是一盘臭鳜鱼。欧冶偷偷瞥了一眼周怜幽，见她正笑吟吟地看着这一切，左手还握着一杯热茶，他心下暗喜，便念念有词地朗诵道："西塞山前白鹭飞，桃花流水鳜鱼肥。"

荷慧在一旁笑了，说："今晚问的是厨师是哪里人，又没问鱼的籍贯是哪里。"

欧冶笑着说："臭鳜鱼嘛，当然只有安徽人会做了。"

那个爱说话的沈阳女生易晓冰听了，赞叹道："欧先生好有诗意！出口成章啊。"

接下来，出场的女生叫叶红菱，她长得瘦高，清秀，不善言语，她端来的是水晶肴肉。

"这个？"欧冶一看这菜，有点儿面熟，却又想不起来叫什么名字。他抬头看了看那女生。荷慧逗他，喊道："不能看女生。"大家一齐乐了。

欧冶只好猜道："这种菜，应该是江浙一带才有，你是……浙……浙江省的？"

叶红菱笑了，摇头说："不是。"

荷慧说："猜错了，该受什么罚？"

有人喊："罚他喝酒！"又有人抢着说："不行，男人喝酒，那不是奖赏嘛，要罚他洗碗才好。"大伙儿又轰地笑了起来。

那姑娘说："这道菜看着很美，晶莹剔透。它有个好听的名字，叫作水晶肴肉。又因为我们镇江做得最出名，所以又叫镇江肴肉。"

欧冶说："这种菜，你也能做？我还以为你是浙江人呢。"姑娘低声说："这道菜不是我做的，我喜欢吃，就带来了。"

荷慧提醒她说："这个不行哦，必须自己做的才算。"

那姑娘怯生生地说："我还做了一道菜，叫作龙井虾仁。虾仁和茶叶都是现成的，不过是要用猪油来炒，很快就好的。"

周怜幽问："这么说，你是做了两道菜？"那姑娘点了点头。周怜幽说："有积极性！这个要鼓励。"

这会儿，上场的是张倩儿。她也像叶红菱一样，高挑的身材，还一头长发。她长得白皙，秀气，从外表看不出来是南方人还是北方人。她端了一盘豆角来。细长的豆角被她切成了满盘的豆角粒，好像还加了一点儿青红辣椒，也切成了碎块，然后，炒成了匀称的一碗，红红绿绿的，还有豆角的深紫色，混在一起倒也好看。

大家纷纷笑了起来，说："哈哈，这个就难猜了。"

欧冶对那高挑的瘦女生说："嘿嘿，你这不是故意刁难我嘛。"

张倩儿捂住嘴笑，说："我不会做菜，就只好做了这个菜来。"

欧冶盯着那姑娘看，然后，慢吞吞地说："大连？哈尔滨？要不就是……"

荷慧连忙制止他："不能同时猜好几个城市！一连说几个，不都给你猜完了？"

那张倩儿大笑说："哈哈，都没猜对！我是山西来的。"

欧冶暗想，听她大笑，就知道她是北方来的。

轮到易晓冰了，她端了两盘饺子过来，说里面的馅儿各有不同。又对欧冶说："我您就不用猜了，刚才荷慧姐已经说了我是哪儿的人。再说，我一开口，也就露了馅儿，满口的东北大渣子味儿。"大家听她这么说，都笑了起来。

然后，就是荷慧。荷慧出手不同，她用心炖了一大锅汤，先用汤盆盛了一盆汤上来，欧冶去看，那里面的菜是莲藕，还有排骨什么的。欧冶正欲说话，被荷慧拦住了，她说："今晚我也做了两个菜，不，应该是一个点心，一个汤。你等一下。"说着，她又端上来一大盘饺子，不，应该说是绿饺子。可是，它不叫饺子，而叫艾角。"我这两份，你猜猜看，我是哪里人？"

欧冶听了，头皮发麻。啥？什么艾角？欧冶是河北人，平时也许吃过这点心，可是确实从未留意过它的"出生"。他想了想，只好说："那个汤，应该是莲藕排骨汤，这不也是最大众化的汤吗？湖北省，浙江省，江西省，广东省……好像都有啊。你说这绿饺子，我倒是真的记不起来了。要不，也是浙江的？"

众人笑了，嘲弄他说："哈哈，你只知道浙江啊。"

欧冶说："不过这个绿饺子嘛，刚才你叫它什么，艾角？这种点心，肯定是，只有南方这边才有。"

荷慧笑了，问他："这么说来，你一个也猜不中？"

欧冶委屈地说：“猜中一个也没用啊，还是白搭。”

荷慧说：“说起来，这汤从昨晚就开始炖起，花费的时间最长。你看它热气腾腾的，鲜醇香美，浓郁扑鼻啊。不用说，是我老家的特产。另外这份艾角，是我替大家准备的。艾角，你现在听清楚了吗？这艾角才是真正的广东特色小吃。”准确地说，艾角是她老公家乡的特产，他们这里又叫粉果，她也是才学着做的。

她介绍说：“艾角要用艾和糯米粉，还有萝卜丝、猪油渣、虾头和五香粉一起来做。”然后，又谦虚地对大家说，“我的手艺不好，等一下大家可以尝一尝，不要嫌弃啊。”

欧冶的菜品，果然超级简单。他居然真的只草草地炒了一盘番茄炒蛋就端上来了，哈哈。他厚着脸皮说：“我也只好奉献一盘大众菜看了，看看你们，能否猜到我是哪里人？”

大家看了，一盘番茄炒蛋而已。这个菜，还真没法儿猜呢。于是，大家不服气地说：“你猜错了那么多，还是要先罚你才解恨。”

易晓冰说：“欧先生！要不，就罚您讲一个故事？或者，最好讲一个笑话？”

听她这样建议，大家自然一齐应和，都想听听这个男人能够讲个什么好笑的笑话。

哎，要他讲笑话？欧冶摸了摸光秃秃的额头，一时间不知道说什么才好。可是，众人仍是不依不饶。情急之间，他环顾四周，来不及细想就说：“要不这样，我讲一个我自己的故事给你们听，或许对你们还会有用呢。”

大家说：“能笑的就行。”

欧冶故作神秘地说：“这故事是发生在我自己身上的。不知道你们是否爱听？"他朝周怜幽瞥了一眼，看她笑吟吟的，很沉得住气，他就继续说，"好些年前，我曾经谈过一个女朋友……"他这么说，一下子发现自己说漏了嘴，可是已经为时已晚，收不回来了。他心想，也没什么，也许这样效果反而更好，要不，世上怎么会有一个词叫"剑走偏锋"呢。

这么想着，他就大着胆子说了下去，他说："那时候年轻，遇到一个女孩是个醋坛子。"

这时，众女生纷纷议论起来。

他赶紧解释说："我遇到的那位女孩是个醋坛子！可不是说你们诸位啊，哈哈。你们不要对号入座。今天这个故事，主要是我的教训。大家也许知道，醋坛子最难对付了，是不是？今天就是想教一教你们怎样对付醋坛子。"

众人果然都好奇起来。大家问："这么神？"

欧冶又看了一眼周怜幽，她依旧在笑。

他继续说："我跟那个女生拍拖时，知道她喜欢吃醋，所以，就很头疼。她总是趁我睡觉偷看我的手机。所以，每次与她在一起，我都要换指纹锁。你们不要笑！真是把十个手指头都换遍了，我依然毫无秘密可言，哈哈。这样疯狂的女孩，你们有谁遇见过吗？有一次，我太累了，知道她会趁我睡觉，偷看我的手机。那天，我正好新认识了一个女生……所以，我必须先去洗手间重新设定新的密码。结果怎样？你们猜得到吗？"

有女生撇嘴说："好无聊！你的女朋友会拿手机去刷你的脚趾头吗？"

其他的女生都在一起窃窃私语，然后，一阵爆笑声传来。

易晓冰大笑说："哈，那个女生说对了，你肯定将指纹密码设定成脚趾头的了。"

大家都笑着逼问他："是不是？是不是？"

欧冶怔怔地看着那个女生，他认出那个女生就是最初端菜上来的曾香荔。于是，就问道："你怎么会知道？"

曾香荔害羞地说："可想而知嘛。你只用完了十个手指头，不是还有十个脚趾头没有用啊。"

大家听罢，哄堂大笑。

晚会最重要的节目，自然当属周怜幽的倾情奉献。老板愿意献艺，自然是众望所归。当欧冶想起去看她的面部反应时，才发现她已不坐在原先的位置了。

她去了哪里？现在的他，正穷于应付一众女生的各种刁难，姑娘们七嘴八舌地都在取笑他，说他居然想得用脚趾头做密码这么烂的鬼主意，一定不是好男人。她们的这种结论，把欧冶吓坏了。易晓冰则说他应当获选本年度最刁的渣男。大家说话没遮没拦的，把欧冶折腾得无法应付。

有人说，他关于用脚趾头设定密码的想法很有创意。有人说，这个男人蛮有幽默感嘛。

可是，更多的女生却是嗤之以鼻，完全不认同如此有心机的男人。她们替他的那位前女友抱屈，更为他以后的新女朋友喊冤。这样的男人，要来干什么呢？她们挤在一起，窃窃私语。听着关于他的非议一句接一句地冒出来，欧冶脑门开始冒汗了。他这不是剑走偏锋，而是自取灭亡。

他偷偷地环顾了一下四周。幸好，周怜幽此时并不在现场。他暗暗舒了一口气。

很快，周怜幽的菜品被隆重推出。帮她操盘的人，原来是勤香。勤香先端了一只燃气火锅炉出来，然后又端了一只大煲出来。从外观看，容量大，分量足，煲内的菜品应该很丰富。而周怜幽，就默默地含笑跟在她的后面。

汤煲？那汤煲里会是什么山珍海味呢？大家很好奇，她们从来不知道周怜幽也会亲自下厨。

汤煲的盖子依旧盖着。周怜幽有点儿紧张，对大家说："我真的从来没有做好过饭，每次做了也是非常难吃。今天特意下厨为大家倾情奉献，如果不好吃，大家要多担待点儿哦。我只能说，我是重在参与。"

她突然说了这么一番话，大家还没反应过来，她便笑吟吟地对站在身边的曾香荔说："今天，你的葱油鸡做得太好了。大家都很喜欢。来，还是请你来，帮我揭开汤煲的盖子。"

曾香荔今天很兴奋，她做的葱油鸡受到欢迎，她很高兴。现在，听见周怜幽喊自己，虽然有些害羞，却非常顺从地帮着她揭开了汤煲盖。大家一齐探头去看，所有的脑袋，全碰在一起了，一阵尖叫声响起来。哎呀，原来是一大盆白果胡椒猪肚汤。

欧冶也探过身来，说："这个白果胡椒猪肚汤要做好可真不容易！费的时间长，还不容易煮烂。这猪肚能咬得动吗？"

平时下馆子他吃过这个菜，所以有印象。这种菜，各家菜馆品质不一。若是广东菜馆做，就会好得多。其他餐馆做，就像猜大小一样，好吃不好吃，全凭运气。

周怜幽忙说："怎么会咬不动？这个汤，据说主要适用于脾胃虚寒的人，暖胃，暖下焦。"

女孩们听了，面面相觑，问："什么是下焦？"

周怜幽说："女人通常不是四肢怕冷吗？吃了胡椒就不怕了。"

大家一听有这样的好处，纷纷赞道："我们的确是都有些怕冷。"

欧冶今天不知道是不是鬼迷心窍了。仿佛要证实周怜幽做的猪肚没有炖烂，他故意使劲地嚼着。这猪肚，果然如他所料，没有煮烂。他有些得意地笑了起来。

周怜幽听他渲染猪肚不好吃，心里就不高兴了。她可是用了心思来准备今晚的菜肴的。

荷慧连忙出面打圆场："胡椒猪肚汤能烧成这样可不容易！单是选料，就很费心思。你们看，猪肚、瘦肉、大蒜，还有胡椒，里面还放了白果，就是银杏啊。去年年底，公司组织大家去韶关，还记得那里的千年古银杏不？长寿食品啊。"

易晓冰瞅见周怜幽受挫，她是个善解人意的女子，担心周怜幽不高兴，想替她挽回点儿面子。那个欧冶先生，不是《南方时报》的大记者吗？他肯定有文化，让他解释周怜幽为这套房子写的字，不就能化解当前的尴尬，又能安抚、娱乐大家？

于是，她对欧冶说："欧先生，您是大才子，您有文化，我想请教一下，怜幽姐姐写的那几个字——凯风自南，到底是什么意思呢？我们都没有看懂。"

欧冶一头雾水地问："什么凯风自南？它在哪里？"不过，既然有女孩向他请教，他自然非常高兴。

易晓冰说："字在那边呢，喏，我来指给您看。"

欧冶的嘴里，还在嚼着什么。今天，他就是作死的命，越来越不知好歹了。他放下筷子，起身朝易晓冰所指方向走去。哦，凯风自南，那几个字并不难认。可是，它们到底是什么意思？他念着，就有些紧张了。尽管没有一个生僻字，他仍是蒙的，一头雾水。

凯风自南？哦，凯……凯子？他在香港的影视剧里听到过这样的词。依稀记得，凯子，好像就是"傻瓜"的意思。怎么回事呢？难道周怜幽，会将傻瓜的字样，写在匾额上面？他不禁心中起疑。

可是，那几个女孩又在着急地催他解释。那么，凯子？好吧。跟后面的字连起来读，会是什么意思呢？傻瓜像风一样从南边过来？不，不对。他摇了摇头。接着，他又读了一遍，左思右想不得其解，只好红着脸，一声不吭。

"欧先生，您是报社的大记者，出了名的人，能否解释给我们听一听？"易晓冰看他一声不吭，以为他正在心中酝酿长篇大论。她很期待今天能够得到满意的答案。

"我？唉，我……"欧冶涨红了脸，一时不知道说什么才好。说他看不懂？太丢人了；说他看懂了，那么，正如易晓冰所问，到底是什么意思呢？

他像一个失败的考生，站在一群老师跟前，手足无措。后来，他忽然想到，我怎么这么笨！这几个字，不正是周怜幽所写吗？她肯定知道它们的意思啊。

他将头转向周怜幽，怔怔地看着她，期待她能够出手相救。可是他发现，他越急躁，周怜幽就越冷静。她不仅冷静，而且似笑非笑的，也在看着他出洋相。

这次"淑女厨娘秀"活动的最佳厨娘奖，经过评选，大家一致认为，应该由做葱油鸡的曾香荔获得。周怜幽甚至说，这是她吃到过的最好吃的葱油鸡。曾香荔的葱油鸡做法简单，好吃，又节省时间。这才是最令人推崇和敬佩的。

现在的女孩子一般都不太会烹饪。现在，有一个这么能干的女孩，能够用最简单的办法做出最美味最有营养的葱油鸡，简直是太了不起了。真是堪称楷模。

所以，当周怜幽宣布由曾香荔获得今晚最高奖"一品厨娘奖"时，在场的一众女孩果然笑翻了，她们七嘴八舌地开着玩笑，取乐，并且像品味菜肴那样，反复品尝着厨娘大奖的味道。"哈哈，厨娘奖呀！那么，曾香荔，就应该是今晚最美的小厨娘了！"

"对了！居然还有一品的称谓……不就成了一品诰命夫人了？""哈哈，由厨娘到夫人，这玩笑开得好大。""可是，人家不是还没结婚吗？人家还是姑娘呢，怎么就成夫人了？"这些议论鹊起的笑话，让曾香荔害羞死了。

"哈哈，曾香荔！噢耶！"大家一起"噢耶，噢耶"地狂呼起来，简直嗨翻了天。

"正好，这里还有一位先生，姓欧名冶呢。欧冶？对不起了，今晚，你可只有受辱的份哦。谁让你起了一个这么奇怪的名字嘛。"荷慧笑着特意将欧冶推至中心位置，跟大家说，"哎！你们刚才大喊大叫的'噢耶，噢耶'，是不是这个人啊？人家才叫'噢耶'（欧冶）呢。"

众女生一听这话，突然全体安静下来。她们突然觉得不好意思了，嘴里疯狂地大声叫喊一个男人的名字？而且是她们并不怎么喜欢的男人。这真是太让人难为情了。

骤然而至的寂静，让场面顿显尴尬。欧冶一时间也不知所措，狼狈极了。他今晚失算、失守的，绝不止一城一池。

在活动即将结束之际，周怜幽又向大家说了一番话。她说，今晚，她本来也只是想来凑个热闹。考虑到今天是冬至节，她才忽然起了一个主意，举办一次最佳厨娘展，名称就叫作"淑女厨娘秀"。大家这么开心，她也很开心。常言道，冬至大过年嘛。能够跟大家一起过冬至，这才是她今天真正的目的。最后，她祝福大家冬至愉快，节日快乐。

大家掐指一算才恍然大悟，原来周怜幽安排今晚的活动，是为大家着想。广东人说"冬至大过年"，大家都来自外省，远离家乡来深圳打工，故乡山长路远，路途迢遥。即使像曾香荔这样的广东女孩，老家也在数百公里之外的梅州。

冬至这一天大家都不能回家过节，这是所有外出打工者的共同经历。可是，即使回不了家，也要过好一个跟春节一样重要的冬至啊。

在这样寒冷的夜晚，这些离开家乡没多久的年轻女工们，品尝着大家初试身手的菜肴，听着周怜幽温暖的话语，真是感慨万千。她们愿意参与这样的活动，喜欢聚在一起的时光。这个晚上她们玩得非常尽兴。最后，周怜幽的那一大煲滚烫的热汤，更是暖到心窝里去了。

深圳的冬天，当然不会下雪。但是，寒冷却是一样如期而至。不过，大家的身体和心里，全都温暖起来。她们可以踏着白雪一样皎洁的月光，快乐地走在深圳冬天的夜里。

出门时，姑娘们意外地发现周怜幽也锁上了门。这里，不是她自己的家吗？但是，周怜幽说，平时她并不是住在这里的。

欧冶突然想起，她不是一直住在深圳大剧院附近的高楼大厦里吗？他想起以前送她回家的场景。关于住宿，他只听过狡兔三窟。那是当初他与陈有礼彼此开对方玩笑的话。没有想到，现在却应验在周怜幽身上，她才是真正的狡兔三窟呢。

虽然眼前的姑娘们个个欢声笑语，可是他的情况却不容乐观。他今天诸事不顺。想到这里，他心事重重地独自一个人，趁着别人没有注意，走进了附近的黑暗之中。

这群姑娘们一边欢笑地走出这个住宅区，一边仍旧七嘴八舌地说个不停。她们像小鸟那样一起涌上了街头，在这样如梦如幻的夜晚。

4

与那群姑娘告别之后，周怜幽又婉拒了荷慧的相送。她用目光去寻找了一下欧冶，却发现这个男人不见了。她很诧异。不在眼前也好，眼不见心不烦。她喜欢这样的夜晚，尤其喜欢独自一个人徜徉在这样清冷的夜晚。

站在街头，她安安静静地目送所有人远去，才慢慢转过身子来，朝着她住所的方向，走向灯火明明灭灭的昏暗街巷。

是的，这恰是她喜欢的方式。很多年以来，她都喜欢独自散步，喜欢那种没有羁绊，没有目的，甚至没有方向感的步行。她熟悉这个城区的许多地方，她的脚下，仿佛长着眼睛。脚底的每一块地砖，每一根交通线，每一个转弯，她都不会走错。

刚才的情景尚历历在目。按常规，这样的聚会，她本是不愿意去做的。她并不是一个愿意张罗的人，更不是一个喜欢热闹的人。可是，一旦举办这样的活动，就意味着，她必须露面，必须站出来说话。这是她最不情愿的

事。所以，今天，对不善言辞的她来说，有些勉为其难。在心里，她同情那些年轻的姑娘们。在寒冷冬季抵达的日子，每个人都期待甚至渴望回到温暖的家，接受家人目光的抚慰和生活的照料。

可是，这些姑娘注定无法踏上返家的路途。她们远离家乡来到深圳，需要在这里吃苦，打拼，奋斗，需要在这里寻找到那唯一的属于自己的路。她当年来到这个城市，也跟她们站在同样的地方。所以，她了解她们的感受。在这些方面，她愿意尽力让她们感受到生活的温暖。由于投资，她不小心成了她们的老板。而由于沉静孤僻的性格，她无法习惯成为那样的老板。看着她们快活而留恋的笑容，她不忍心让她们离去。古语说，梁园虽好，不是久留之地。古语又说，天下没有不散的筵席。即便如此，她依然愿意在心底里留给她们一些美好的祝福和弥足珍贵的记忆。

但是，这样的给予仍是相当有限的。她没有更大的能力。她成长到今日，明白了一个道理。其实，每一个人来到这个世界，都是来吃苦的。少数人超越了其他人，获得财富，甚至幸福。可是该吃的苦，一项都少不了。譬如她自己，财富改变了她的命运，却无法改变她的心智，无法改变她的孤独，无法改变她的苦闷。她仍然挣扎奔走在自己一个人的生命旅途中。

对于欧冶，她越来越失望。近些天来，她意识到自己对他的印象正在改变。一开始，她不明白发生了什么。或许是他的故弄玄虚、刻意逢迎，还有矫揉造作影响了她的判断。到了后来，他怎么会越来越不知进退了呢。他要开始刷他的存在感？还是抖机灵？不，其实他一直都是有存在感的。她待他很好啊。今天晚上，他为什么要当众指出她的弱点？她不是一个大度的女人。况且，她早就很不好意思地当面向大家道歉，早就表明了自己非常不善于打理厨房家务，她深知，这是她明显的缺点。可是，他真的有必要当着大家的面，甚至用嘲弄或得意的口吻来指责她的无知吗？她明白自己，也很了解自己是个怎样的女人。许多时候，她会担心自己变成一个为了赚钱而影响生活的女人。她经常怀着这样的恐惧生活。在很多时候，特别是跟青澜姐沟通时，她会情不自禁表达，渴望遇到一个合适的人，来理解她，接受她，温暖她。她经常感觉到自己在不停地坠入无边的黑暗。而身旁，竟然毫无可以依附攀持之物。

像他那样的男人，就不能多包容一些吗？

经历了这些事情后，现在，她几乎失去了与他交往下去的勇气。往前走，他还会怎样呢？这是她完全不了解的。她也无法去想象与他在一起的前景。忘了是谁说的，对未来最大的慷慨，是把一切都献给现在。他怎么就不明白这个道理？

她这么想着，心里郁闷至极。她其实是一个私下里比较脆弱的女人。唉，己所不欲，勿施于人。她抬头去看这座来了十几年的城市，冬天的城市是寒冷的，她不喜欢人与人之间的关系也失掉了温度。幸好，今晚有那些单纯活泼可爱的姑娘们。

时间已经很晚了，可是她仍然没有回家的意愿。冬天的月夜，寒冷却颇有意境。她安静地坐在路旁的长椅上，稍作休息。这会儿，她手提包里的手机，忽然"滴"地响了一声，她循声找出来看，原来是欧冶发来的微信。

"你到家了吗？今晚度过了一个愉快的夜晚，谢谢你。"他说。

愉快吗？她迟疑地想。

尚未来得及回复，他的第二条信息，又过来了。

　　"今天才知道，你真不愧是名校才女。今晚小易难倒我了。"他说。

　　小易？哦，他指的应该是那个沈阳女孩，易晓冰。这么说，他意识到今晚自己出丑了？

　　"我今天还真是丢人现眼了。哈，不过，怎么也不会想到，那样的名字，会出自你的手笔。并且，还出现在你的家里。"他说道。

　　出现在我的家里？还有，是我的手笔，那又怎样了？难道那样的句子，就不配出现在我的家里吗？她这么想。迟迟没有动手，她没有想回他微信的想法。

　　也不知道，今天他是中了什么邪气？今晚，他倒是一直在乐此不疲地写着微信，然后一条一条地发着。

　　"回到家里，我才明白过来。凭直觉，我觉得那应该是《楚辞》里面的句子，要不，就是《诗经》里面的句子。那么古老久远。"他说。

　　跟《楚辞》有啥关系啊。连自己错在哪里都不知道，还如此自信满满的。男人都这样吗？她看完这句话，心中不由得哑然失笑起来。

　　"当然，对《楚辞》和《诗经》我都不熟悉，我更不是古文专家。今晚的羞愧（不，应该是羞辱，当然是无意之间的受辱），是意料之中的事。不过，有感于你过人的才华，我必须赞你一个。果然是高学历高层次的人才啊。青澜姐真没有夸错你。"他居然如此赤裸裸地来谄媚她了。

　　现在，她有点儿忍耐不住了。是的，她脑子有点儿乱。可是，她有一种热切的心情，想要告诉他更多真实的东西。泥土是真实的，所以大地很稳固。他们之间，有太多胡乱猜测的东西了，反而像沼泽地一样，容易泥足深陷。

　　"您的微信收到了。谢谢您，也谢谢您的夸奖。"她有些茫然，于是这样回复他。跟他一样，她也不等待他的回复了，准备跟他一样，一条一条发下去。

"其实，一直以来，有一点是特别想向您坦白的，我不是什么高层次人才。如果，如果我将我的情况汇报于您，请您不要过于吃惊。"她写道。

"你终于回信了。谢谢了。"他回复说。

她决定把一些真实的情况告诉他。当面不好说，那么，今晚是一个机会。她写道："很久以来，我都想告诉您我真实的情况，可是每次都无法开口。原谅我，我是个腼腆的人。"

"真实情况？"显然，他有些吃惊了。

"我曾经告诉过您，我很小年纪就出来闯世界了。我这么说，脸还红了起来呢。我在应该念书时没有好好念书，所以才在社会底层挣扎了很久。做过各种各样的工作，服务员、洗碗工、保安、前台、文员、业务员……还失过业……您无法想象。"

"好像也了解一点儿。现在才知道，你有很广泛的社会经历。"他写道。

"也不算是广泛的社会经历，只为养活自己。不过，这些都不要紧。重要的在后面，您仔细留意好了。我想告诉您的是，后来，终于有机会按自己的想法生活了。我的第一愿望，就是想去读书。可是，考大学很难。所以后来，我选了自学考试。我有充足的时间学习，我用了两年学完了大学课程，并且通过考试。"

那边，似乎沉默了。

"哦，原来这样。"好一会儿他才回复，"一直以为，你是广州名牌高校的高才生。"

"肯定不是高才生。"她接着写下去，"后来，我又同样考了研究生，也拿到了文凭。如果说，我与您之间有什么不同，那就是，您在念书时，我在艰难谋生。而您在工作，我却去补课。我是最笨拙的学生。不过，我庆幸自己在年轻时敢于拼搏。跟别的城市比，深圳是特区，周围有许多关（这里指检查站），凭特区通行证才能进来。在人生的路上，我也需要闯很多的关。"

现在的他开始沉默。不过，周怜幽才不管他呢，她是那样的人，有一点儿心气，有一点儿固执，有一点儿自尊。他说不说话，并不重要。重要的是，他引发了她说话和倾诉的欲望。所以，她要写下去，要让他清楚她是一个怎样的女人。

"但这并不意味着，文凭是最重要的。我没有文凭时渴望拥有它，现在拥有它了却不怎么在乎它。人就是这么奇怪的动物。"她这样写道。

"你让我诧异了。不瞒你说，我愣了好半天，情况变得有点儿复杂……你是个特别的人，嗯，是了不起的人……我还有种感觉，你是不是不太愿意按常理办事？"

"不太愿意按常理办事？这是什么话？"她懊恼地看到他这样的回话，"您就是这样看待我的吗？这样看我，好像产生了很大的偏离呢。我不特别，没有什么了不起……更不是一个不按常理办事的人。我愿意按常理办事啊。试想一下，一个人不按常理办事，还不得天天走错路？谁受得了？"

冬天的月亮，发着幽光。街上的风更大了。她感觉到了冷空气潜入她的肌体。

"我必须说，你让我惊叹，又让我钦佩……"他写道。

"这些客套话都不重要。您要明白一点，我遇见您，并不想要您来惊叹我，佩服我。"她有点儿生气了。

"虽然你说不重要，我还是想说点儿重要的……我认为我们之间仍然存在许多隔阂，猜测，还有很多疑问。我无法看清楚你。对我来说，你现在似乎成了一本散佚的书。我一页一页拼起来，也无法还原一个真实的你。"他竟然如此说道。

现在，轮到她诧异不已。他竟然说她是一本散佚的书。唉，他为什么这么说？她原本就是一个简单的人，像一眼见底的清潭。怎么成散佚的书了？她叹息，难道有些男人，真会这么笨？

"关于你，我有许多的疑问，说实话，凭借常识，我无法读懂你。我要请你原谅，有一个好奇一直在我脑海中盘旋，挥之不去。我总是自寻烦恼地问自己，这个女人为什么那么有钱呢？我真是很吃惊。"他最后说道。

而她呢，敏感的她，在这一刻立即明白过来了。她实在不应该带他去她所拥有的那些地方。偶然的过失也是错误。她感慨地想，在他那里，难道有点儿钱就变成罪过了？他不会怀疑她的财富是怎么来的吧？在深圳，一个人怎样思考问题，是有很多不同的方式和角度的。他肯定是想多了。其实，她怎么能够算有钱人呢？她只是依靠自己的奋斗，努力摆脱了贫困而已。在深圳，有钱人太多了。此时，她仿佛看见了他因为自身的狭隘而导致的自作自受。唉，有些人，如果不能理解一些事情的发生，也就必然不肯相信一些事情的真实存在。

作为一个虽然普通，但是恰好又被无常的命运所拯救的女人，她能对他说什么呢？她只能感到无奈。这时，一句熟悉的古诗，犹如这冬至之夜的一道微光，闪现在她的心里。诗曰：

知我者，谓我心忧；不知我者，谓我何求。悠悠苍天，此何人哉？

城市迷离的夜色裹挟了她的忧伤。少顷，心有不甘的她愤而起身，在闷闷不乐中回到了家。

第五章　潜海女人与 MINI 车

1

周怜幽有一辆深绿车身纯白车顶的迷你车，是当年英国女王伊丽莎白二世乘坐兜风的那一款超级时尚车型。那辆车，正是标注MINI的经典英伦造小汽车。后来的潮流设计师以MINI为灵感又设计出了风行一时的迷你裙，也就是今天满大街的超短裙。她开这辆车的时候，不允许任何人蹭车乘坐。事实证明，开这辆车的时间不短，她还真的保持了这个纪录。并且，没有一次例外，她为此庆幸。这真是一桩奇怪而有趣的事情。

有人觉得，她是因为有洁癖，所以，不能容许其他人染指她的座驾。有人觉得，她是因为生性孤僻，所以，不能容忍与陌生之人的近距离接触。不管如何，她都成功地让自己保持了这样一个奇怪的纪录。它像远古蛮荒一样真实地存在着。像一首诗所写，你见或不见，它就在那里。它在那里，仿佛是一枚安静的勋章。

被《南方时报》记者欧冶嘲弄了一次她炖的白果胡椒猪肚煲，从此她便记他的仇了。那个男人不知道，一个愿意尝试素手做羹汤的女人，她的承受力其实是很脆弱的。一旦跌破这个限度，神仙也救不了。她以一种轻率摈弃的沉默方式离开了他。在这种并不公然表达所谓的"婉拒"中，她一次次地开始了对他的清算。对他的清算，其实是从对自己的清算开始的。譬如，她批评自己：不该带他去小茶馆，不该带他去苏州小院，不该带他去春风里……对了，还有折磨人的浪人湾府邸……不该带他去这里，不该带他去那里。总之，她最后懊恼地发现，都是由于自己的任性与不在乎，才于无声无息之中毁了这一切。

不过，她不后悔。这一天，她来了情绪，找了一件明亮的黄色薄风衣，从家中出门，驾驶她挚爱的小车上了街。这天应该是工作日，城市的街道仍旧很拥挤。倘若是休息日呢，那么城里倒是罕见的空旷，而远郊却爬满了各式各样的大大小小的郊游汽车。既然今天是工作日，那么远郊肯定安静。这么一想，她便驾驶小汽车出了城。

她喜欢东部沿海那一片，近的有沙头角镇，远一点儿的地方，有大梅沙和小梅沙。这个时候，那些地方，应该没有什么人影。她可以在那里停下来，寻一处咖啡馆安静地喝茶或咖啡。或者，干脆将车停到停车场，然后徒步走到海边去。大梅沙的沙滩曾经是年轻的她最喜欢驻足眺望与游玩的地方。在那里，她可以随心所欲地脱掉袜子、鞋子，赤裸着白皙的双脚，在细腻清凉的沙滩上忘情地奔跑。还可以走进海水中，倾听着拍岸的涛声，想着某部电影里蹚水自杀的镜头，寻找一点儿冒险的快感。

但是，她在开往沙头角的路上，由于钻进了山洞（隧道），连续不断的山洞（隧道），忽明忽暗的变幻景致，让她产生幻觉。她径直将汽车开往东部，在大梅沙最后一个应该拐下来的路口，冲了过去。待她反应过来时，她的那部风驰电掣的小汽车，早已将那唯一的路口抛得远远的，有如她不经意将那位《南方时报》自负的名记先生一声不吭地遗弃。

如此，她只好继续驱车前行。正好没什么事，去哪里都无所谓。所以，她的脑子里冒出了下一个目标。对了，更远的地方，还有美丽的大鹏半岛。那边，可供游玩的项目更多，景色也更有意思。

汽车朝着东部疾驰而去。天空很蓝，白云很多，阳光耀眼。她将遮阳板放下来，仍然无济于事。于是，她找出一副墨镜来戴上，整个世界立即变成了一片灰暗。她不喜欢这样的灰色世界，所以，又将墨镜摘下来，扔回到杂物盒里去了。音乐……对了，可以放音乐。她按下音乐键，一阵旋律顿时响起。哦，是降央卓玛的《天边》。与她飞快的车速比较，降央卓玛低沉的声音有点儿拖沓。哈哈，她想，好吧，降央卓玛，你就跨上骏马去追逐遥远的星星吧，我可是要奔向不远处的大海了。

汽车仍在飞驰，周怜幽的思绪也在飘荡。大鹏半岛，是她喜欢的地方。那里，有美丽的西涌。海面开阔，风平浪静。波涛汹涌，肆意咆哮的时候并不多。起码，她很少遇见。再说，还有深圳天文台，也在那边。她在图片上看到过，天文台那白色的圆顶建筑，令人向往。想到这里，她打定主意，将车开往西涌。

不过，快到西涌时，她又有点儿犹豫了。这一天，她没有爬山的心情，也并不想去攀登山峰。据说天文台建在西涌海边的山上，欲往天文台，则需要步行上山，道路有些崎岖。今天的她，只想静静地到海边，找一个地方坐下来，看看无涯的大海就好。

这样一想，她又回到了随心所欲的漫游状态。她沿着路牌，一直开到了西涌，真的找到了一处面向大海的山坡。印象中，这地方似曾来过？她无法

确认，可始终有一种莫名的情愫环绕着她。她将小车停在山坡附近，然后锁好。接着，独自一个人，慢慢吞吞地向海边走去。

这个地方，仿佛是为了迎接她的到来而清场了一般。在很短的时间里，她欣喜地发现海中有一块巨大的岩石。脱下鞋子，涉水走过去，然后爬上那块巨石，找了一个稍微平坦的地方坐下来。海风在身边吹拂，大海碧波荡漾。阳光将起伏的水面照得一闪一闪，仿佛在向她致意。

在这里，辽阔的海面，让人心情舒畅。她很开心，很想朝着大海大叫。虽然四周无人，可是她仍有点儿不好意思。她在心里说："大海，我来了！"

就这样，她一动不动，在那巨大的岩石上面坐了很久。有几次，她几乎要睡着了，差一点儿就从那巨石上面滚下来。这让她吓了一跳。过了很久，她才依依不舍地下来了。

启动汽车后，往前方行驶几公里，她意外地发现了一间民宿。在那后面，仿佛是一连串的民宿。这地方变化可真大。她想，终于找到可以休息一下的地方了。她驱车在一间色调鲜艳的民宿附近停了下来。她下车问老板："有什么喝的？"

老板是一个肥胖的女人，乳房高耸，约莫四五十岁，穿着宽松的白色衣裳，显得更加宽大。待她走路时，肥厚的乳房便一跳一跳的，犹如怀揣了两只小动物。那女人看外貌，就知道不会是本地的女人。果然，那胖胖的女老板开口说："想喝什么？"

周怜幽听声音，带东北口音。"想喝什么？"她那口吻，意思就是什么都有得喝，让她自己看着办。她找了一个僻静的可以眺望大海的地方坐了下来。

本来，她倒是很想喝一杯清凉爽口的啤酒，可是今天她开了车来，不能喝。所以，她就点了一杯卡布奇诺和一份三明治。她很好奇，像这么偏僻的地方，居然还有咖啡，还有人会做三明治。少顷，店主就端来了一杯热气腾腾的咖啡和一盘三明治。她这才注意到，屋子里面，仿佛有一种似有似无的音乐在缭绕着。

周怜幽想起了自己第一次来这边探海的情景。那时，她才二十岁。那个年纪，可以说是一贫如洗，身无分文。唯一的变化，便是渐渐隆起的胸脯。她记得，当年是跟着几位小伙伴一起来的。所抵达之地，便是西涌的海边。具体位置却无法辨认。会不会是今天去过的那片海岸呢？她记得，印象中当年的海边好像也有一堆巨石相伴。记忆最深的是，同行中有一位男生，对她格外好。那个年代，西涌沿途的海边，仍是荒芜一片，游人稀少。她们一群年轻人的喧嚣，打破了这里的宁静。时至今日，她的记忆中依稀还存在着的，还起伏浮现的，仿佛只有大海、波涛、阳光和破旧的土屋。

那一群少男少女，绝大多数是从内地来的，看见大海，莫不欢喜欲狂。大家呼喊着扑向大海，无论男女，纷纷跳进水里，兴奋地舞动臂膀。有当地渔民喊："不要游远了，那边危险。"他们充耳不闻，只顾自己的快活。

在冰凉的海水里，周怜幽不小心呛到了一口海水。哎呀，咸，还有些涩。这完全超出了她的预料。她有些惊恐。这个时候，那个男生游了过来，将她推向岸边。她本来能够站稳的，被他一推，倒是有些不稳了，踉跄着又呛了一口水。她奋力舞动臂膀，才挣扎出了水面。那男生胆怯地看着她。她知道他不是故意的，知道他是想救她的，她朝他莞尔一笑，低声说："谢谢你。"那个男生笑了。这个时候，她才看清楚他的容貌。他长得真好看，清秀的外表，漆黑的眼睛，一口洁白的牙齿，笑起来特别好看。

不知道过了多久，他们就游到了一起。那个男生对她说："喏，这样做，你要先深吸一口气。"他将脑袋沉入水底，四肢在水里自由地划动着。接着抬起头来，露出水面。他龇着白牙朝她笑着说："喏，这样游，你就学会了潜水。学会潜水，你就不怕呛水了。"他的笑容很灿烂，他一直示意着，让她将脑袋扎入水中。她浮在水面，随着海水荡漾。脑子里慢慢地回忆着他的姿势，然后潜了下去。她用很短的时间就学会了潜水。哈哈，她太开心了。不停地下沉浮起，练习潜水。就在这个时候，发生了一件意外的事。这是她无法忘记的时刻。不知怎的，她埋着头，在水里划动的手臂，一不小心，在水底触碰到了他的身体。时隔这么多年，她仍然能够记得那份触感。几秒钟后，她才意识到，她的手指摸到了他的短裤，不，是摸到了他的下体。在那个年纪，她只知道那是个禁区。她瞬间慌乱起来，脸上热得发烫。她看见他惊奇的表情，脸也红红的，有些异样。他低吼了一声，朝她游过来。她想躲避，却发现自己还在原地，怎么也无法动弹。这仿佛给了他某种暗示，他在水里一把抱住了她。热血涌上头来，她快要眩晕过去了。她挣扎着竭力想要逃避他，然而在这时，她却惊恐地感觉到，有一双手在抱紧她丰满的乳房……哦，老天！她快要喘不过气来。可是，这还不够，少顷，她又感觉到那只手竟在抚摸她的两腿间……

那一天，她呛了很多口海水。当她泪眼汪汪地游向岸边时，想死的心都有了。她惧怕这样的男人，讨厌这样的男人。因为他的大胆和莽撞，因为他的缺乏自制，她开始害怕他，开始躲避他。即使上了岸，她也想远离他……自那以后，她再也不要见到他了。是啊，从那以后，她真的就永远失去了他。

时隔多年，她却仍然记得那个男生。不过，随着岁月流逝，在心里面，她渐渐地开始原谅那个冒失鬼了。

如今，人近中年的她，感觉越来越迟钝了，尤其是，对肉体的感觉迟钝了很多。可是今天不知怎的，竟忽然想起了这件事。她忽然就想到了那个冲动、单纯的男生，想到了他可爱的笑容。可是，与那群女孩一样，她同样记不起他的名字了。而他在水下勃起的男性下体，她被他莽撞且凶悍搓揉乳房的感觉，阴部遭受侵犯的羞耻……那些交替出现的令人恐惧却血脉偾张的记忆，仿佛依然还沉潜在那片海水里……

此刻的她，感觉到了脸庞在微微地发烫。这个年纪，脸颊还会飞出红晕吗？她害羞地想，仿佛避嫌似的呷了一口咖啡，然后低下头去，感觉自己的下体居然潮湿起来，她情不自禁地夹了夹大腿，慌张地抬头朝四周看了看，还好，四周空无一人。她小心地摩擦着，享受到某种隐秘的刺激，颤抖的心悸才渐渐褪去。

事实上，这种经历停留在黑暗的地方，永远没有光去照亮那些幽深之地。很多年来，每次她的意识抵达这片令她有些怦然心动的领地，她都会自发倔强地抗拒，拒绝往前走，但又无法控制。一直以来，她认为这是她的羞耻感在作祟。最初的感觉是，她被男人占便宜了。后来，恐惧的心理稍微减轻，但是她仍然留有阴影。所以，自那次去西涌海边，直至很多年，她都不再去海边。她害怕大海，她也憎恨大海。间接受到影响的是，从那以后，她也不去体育馆游泳了。甚至看到游泳衣，她都会鄙视地移开眼睛，不想去触碰它。

这种耻辱是关于男人的不良回忆。可是，不知怎的，到了现在，到了她现在这个年纪，却逐渐演变成了一片温馨之地。她甚至开始怀念那个年代、那些青春，怀念那些热情和那些让人惊慌失措的冲动。如今想要那样冲动心跳的感觉，却再也找寻不见了。

　　她也不是没有骄傲可言的女人。毕竟，曾经有那么多优秀的男人追求她，她都没有答应。在记忆中，可以让她产生骄傲心理的男人，她可以数出好些人来。早年那位在海底非礼她的男生，他后来到底过得怎么样，她无从知晓。后来那些追求过她的男人，却一个个可圈可点。她二十七岁那年，遇到一个北方男人，比她大很多，估计有三十七八岁。放在现在这个年代，也不算什么。可是当时的她，却容忍不了他的年龄那么大。那个男人长得高大魁梧，一表人才，据说是北京大学的高才生，在公司是重要骨干，后来去了美国。另外一个，是精瘦的广东人，会做生意，年纪虽然没有前面那个北方男人那么大，却长得有些委屈。她接受不了。呵呵。听说这个男人，后来成了上市公司的副总裁。

　　好男人远远不止前面说的这几位，她微笑着想。在她的经历中，能让她产生兴趣的男人其实不少。可是，她一直不明白，为什么自己到了今天，仍然形影单影只，孑然一身呢。咖啡有些凉了。她喊店主："老板，请帮我来一杯热水。"

　　那个肥胸脯的女人提了一只热水壶过来，替她倒了一杯热水。"这儿风大，您可以坐里面来。"那个肥胖女人好心地说。

　　"不用了。谢谢。"她谢过。

　　看着那肥硕的身体离去，她很想喊住她，想叫她来一瓶酒。啤酒，洋酒，哪怕白酒，她都可以。可是……不，她记起来，今天她开了车来。她不能喝酒。

　　可是，关于喝酒，曾经不是也有很多美好的记忆吗？

　　做过业务员以后，她就知道了，她再也回不到过去了。她被那个山东老板带"坏"了。当然，也许还有一个理由，就是孤独的人喜欢酒。她并不能好好地去品味各种酒的不同，只是偶尔会喜欢酒带来的凌空感和飞翔感。不知怎的，她会在极度寂寞的时候，独自去酒吧喝上一杯。

置身于五光十色的酒吧，遇到的形形色色的男人就更多了。很多时候，会有男人前来搭讪，聊天，调戏。如果她愿意，那么肯定会有殷勤的骑士替她买单。不过，她是一个倾向于自己买单的女人。除非遇上正合眼缘的男人，否则，她才不会给他们机会呢。

事实上，她很少去酒吧。不过，仅有的那么几次，就让她遇上了好些仪表堂堂的男人，遇上了好些看上去挥金如土的男人。偶尔，她也会有兴致，周旋于他们之间，跟他们说话，眉来眼去地调情，跟他们拼酒，比一比豪气……

如果，如果不是在那样的地方遇见他们，那么，其中有几位，是能够唤起她的温柔之意的。如果不是在那样的地方遇见他们，也许，她真有可能跟着他们走。

可惜，有些地方，着实不是男女交往之地。准确地说，是不合适。在她的意识里，酒吧那样的地方，清楚地写着几个字：寻欢作乐之所。于她而言，那是一种禁忌，也是一种告诫。是的，她不喜欢这些字眼。不喜欢这些游戏人生的东西跟她所珍视的爱情挂上钩。

所以，人生有多难啊。

这么想下去，她的心情有些黯然。

2

回家途中，她驾车经过一处荒芜了的旧村落。在一片乱石堆附近，她从车窗外看见一群小孩子在朝一间快要倒塌的旧房舍扔石头。由于害怕他们的石头飞向自己，她减速驶近他们。那些小孩子，看见有一辆小汽车开过来，纷纷停止了扔手里的石子。

"你们在干什么呢？不要扔石头了，让我过去好吗？"她朝他们喊道。

他们看着她，然后又互相看了看。他们不明白，他们扔石子跟这个开车过来的女人，有什么关系。

"你们别砸着我的车了。"她朝他们笑着说。

那些孩子，有的看了看手里的石头，就扔在地上；有的装作满不在乎的样子，改成了独自朝上面抛，然后自己去接住它。这时，周怜幽忽然好奇起来，她看见那边的房舍，整整一排门窗，凡是有玻璃的窗户，都被砸破了，残留着一些尖锐的破玻璃，在阳光下闪烁着光芒。她停下车，钻了出来。

"好吧，你们继续扔。让我看看谁扔得准。"她的手臂交替搭在胸前，冷静地朝他们说。

那些孩子当中，有些胆子大的，就真的捡起石头，朝那些破损的窗户扔去。偶尔，可以听见玻璃被砸中砸碎的声音。她就情不自禁地鼓起掌来。然后，她问其中的一个小男孩："那房舍是什么人住的？"

"早就没有人住了。"有孩子说。

"我知道没人住。我是想问，那里过去，都是什么人住的呢？"她依旧笑着。那房舍看上去，早已荒废，边角已经坍塌，应该是早已被弃用的旧房舍。

"那是我们过去的学校，快要倒塌了。"有孩子说。

"那你们现在的学校在哪里呢？"她问。然后，就有孩子指了指方向，她朝西边望去，有点儿远。不过，仍然能够看见远处的建筑群，宽阔的操场上，飘着五星红旗。新学校果然是新学校，整洁，宽敞。

忙于跟这些孩子说话，她没有留意到，在她周围的山野间飞来一群美丽的蝴蝶。有黄色翅膀的，黑翅的，金翅的，灰翅的，还有粉色的……飞成一片，交织成一幅五彩斑斓的美景。哎呀，或许是她飘荡着的黄色薄风衣，吸引了这些蝴蝶们？她顾不得想，只是不停地躲避着。孩子们看她疲于应付，一起笑呵呵地围了过来。

此时此刻，孩子们对她的态度明显变好，也更亲近了。他们朝她龇牙笑着，乐不可支，仿佛在欣赏一个女人狼狈至极的模样。

她一边低头躲避蝴蝶，一边弯腰上车，说："哎！你们等我开车过去，再继续玩。可别再扔石头了，别砸着我。"

那些孩子就笑了起来，大家都停了下来。然后，近乎致敬一般，用澄澈的眼睛目送着她手忙脚乱地通过这里。

刚驶离那片是非之地，她就接到了荷慧打来的电话。荷慧问她在海边玩得可好，她说："当然好啊。"荷慧问她现在哪里，她回答："正在回深圳的路上。刚才遇到了一群乱扔石子的小孩子，那些屁大的孩子，站在马路旁的破屋跟前，一个一个地朝一幢破败的楼房乱扔石头，要比赛看谁能砸中那些破碎的玻璃残窗。"荷慧焦急地问："那你走过那个地方，没有受伤吧？"她说："当然没有受伤啊，怎么会受伤呢？那些小屁孩可好呢，他们很懂礼貌。"荷慧问："他们为什么要砸窗玻璃？难道就是因为它破了？"周怜幽一听，不由得愣住了，说："哎，你若不问我，我还只是觉得他们砸得蛮有意思的呢。你这么一问，倒是把我问住了。我也不知道他们为什么要扔石头砸窗子啊。不过，我记得以前读过的一本书，那上面讲了一种理论，好像是叫什么'破房子理论'？嘻嘻，不知道跟这个有没有关系？"荷慧就在那边笑了起来，说："好嘛，又来欺负我不读书，拿这些真真假假的理论来忽悠我。这世上，哪有什么'破房子理论'啊。我只知道，一幢破房子，若想要倒塌得快，最便捷的办法，就只能是墙倒众人推了，哈哈。你在那边不要受伤就好了。"周怜幽听罢，也笑了起来，回答说："怎么会受伤？我今天可开心呢。"

荷慧说："开心就好，早点儿回来啊。那位欧冶先生，今天又来小茶馆寻你呢。"

听了荷慧这么说，她的心中，却不由得为之一怔。唉，这个男人，他还不死心吗？也许他的确是一个迟钝的男人，接收不到异性发出的厌倦信号。这样的人，岂不是比动物的感知度还要差啊。当然，也不排除他仍然会傻傻的，像一头固执的西班牙斗牛那样，看见挥舞的红布只知道往前冲。

她一边开着车，一边烦恼地想，不肯死心的男人，真是一个讨厌的存在。不知什么时候，就又会引发新的麻烦与矛盾呢。可是，该怎么应对他？这么思来想去，她的脑海里又浮现出了这个男人殷勤讨好的神情。虽然有点儿刻意与做作，可他这个人倒是不坏的。这么一想，她轻轻地叹了口气，不禁又对他心生怜悯之意。

3

回到深圳，时间尚早。荷慧在小茶馆守候着她，说正好还有人也在等她。会是谁呢，欧冶？他不会如此着急吧。周怜幽先回家停好车，在镜子跟前洗了把脸，匆匆化妆，简单整理了一下，换了身干净的淡绿色连衣长裙，手里拿着一件黑色羊绒外套，就过来了。

在小茶馆等候她的人，不是别人，却是久未谋面的青澜姐。与青澜姐有蛮长时间没有相聚了，她很高兴。青澜这次来，穿了件青色牛仔裤，套在外面的是一件柔软的外衣，放在椅子扶手上面。看上去，像是才从办公室出来。两个女人见了面，亲热地拥抱了一下，然后互致欢迎词和感谢词，嘻嘻哈哈地热闹了好一阵子。等荷慧将一壶泡好的红茶递上来，她们已经在窃窃私语一些女人间的体己话了。

由于青澜的缘故，她才得以与欧冶相识。所以，私下先沟通一下有关两人近期的进展情况成了必备功课。怜幽想起欧冶迟滞的反应，那似乎表明她想与他结束关系的愿望尚未真正实现。因此，此时若与青澜聊及此事，特别费口舌。一念及此，她便不肯过多表露自己的好恶。好在青澜也不愿过分干涉别人的私事。两个人简单聊了几句，就谈起了别的话题。

青澜说："刚才你来之前，荷慧说你驾车途中遇到一群农村孩子在砸旧校舍的破玻璃窗，没伤到你吧？"周怜幽瞥了荷慧一眼，笑着说："真是好事不出门，丑事传千里啊。荷慧真是嘴快！这种小事也马上就告诉了你。嘿嘿，不过，我怎么会受伤呢？当然不会。那群孩子只不过闲来无事在那里玩要罢了。再说，现在的小孩比以前要懂事多了。"青澜点头说："这倒也是，社会也在进步嘛。"她忽然想起了一件蹊跷的往事，就说："哎，说到砸窗户，倒是让我好奇起来。不知道你是否曾经听说过一件事？这个故事，当年曾经在东莞那边轰动一时。事情的起因是，大约十几年前，在东莞与深圳交界的地方，有个地产商建了一片别墅，只可惜别墅卖得不好。"

周怜幽忙问："是不是你买他们家的房子了？"

青澜抬起头来，看着她笑。怜幽顿时就明白过来。是啊，她是不是糊涂了？青澜她怎会买别人家的房子呢？她老公本身就是深圳有名的房地产开发商啊。她这是想到哪里去了？

　　早前，未认识青澜之时，她是先认识了青澜的老公。当年周怜幽去她老公的芳邻居地产公司开发的楼盘看新房，通过她老公，偶然结识了青澜姐。两人性情相投，成了朋友。

　　青澜笑着继续说她的故事。她说："这事颇似唐代的传奇，清朝的聊斋，真是令人拍案惊奇呢。你要是愿意听，我就继续讲下去。"周怜幽听她说得如此玄乎，就想，反正没事，几位闺蜜在一起，不说笑笑，难道还四目相对，傻傻地坐着啊？青澜抿嘴一笑，说："也是由你这个砸玻璃窗的事，才引发了我的遐想。当年深圳这边有位年轻人买了东莞的别墅。可是没多久，这人就赴美留学去了。也许是行程紧走得急，在深圳没什么熟人，把大门一锁就走了。大半年后，他回来了，想卖掉那房子。可是看到房子，不由得大吃一惊，他的别墅居然院门半掩，窗户破烂不堪，室内的家私早已被搬走一空。"

　　周怜幽诧异地问："不是有物业管理公司吗？还有保安呢？"

　　青澜说："当年那住宅区地处偏远，住户少，不少人买来投资的。那位留美的年轻人吓得赶紧去找了物业，可物业说他们也才入驻不久。保安反映过，那户人家不知怎的，里面的东西都搬空了，大门却半掩着。出于无奈，物业公司只好让人搬了些杂物先堵住门口。"

　　"啊？还有这等怪事？"

　　"是啊。"青澜回答说，"这年轻人后来调查发现，临走时别墅前面小院的门坏了，他只用铁丝简单扭在一起。据说有目击者看到先是有小孩去拆了铁丝，后来就有人撬了别墅的大门。至于搬东西，却是大摇大摆地开了一辆货车来，一群人把屋里的家私电器什么的，全都一窝端走了。"

　　荷慧在一旁咋舌，说："这损失太惨重了吧。"

周怜幽想了想，认为问题可能首先出在那年轻人自己身上，如果他修好院门，挂上一把大锁再去美国，情况可能好很多，决不能留下一点儿漏洞和隐患。

青澜点了点头说："你说得对。很多事情的发生，总是会有很多的巧合。最重要的是，事情发生后，彼此产生影响，产生共振，才最终导致那可怕的结果。这跟那句老话说的道理是一样的，千里之堤溃于蚁穴。怜幽今天路过那幢破校舍，我大胆猜测一下，过不了多久，我们可以再去看看，肯定很快会倒塌。"

荷慧笑着说："怜幽妹妹，下次带我们去瞧瞧，可好？"

周怜幽笑而不语。自从西涌回来后，她的心里就有了一个小小的盘算。不，她才不跟这两个女人一起去看倒塌的校舍呢。她的心思不会停留在那幢破败的旧房子上面。在她的心里，西涌是个收藏着她的青春和秘密的去处。西涌的海风和波浪，永远孤独地回荡在大鹏半岛那海天相接的空旷之岸才好。而她，并不想随时去翻动那些尘封的往事，她不愿意随意与人分享她曾经有过的隐秘激情和心跳。

青澜坐了一会儿，就接到报社打来的电话，要求她回去参加社里的紧急会议。她一边整理衣裳，一边拎起她的外套和手提包，朝门口走去。周怜幽也起身送她下楼。见荷慧没有跟过来，青澜低声对周怜幽说："最近报社出了不少烦心的事。社里的一名男记者，因为嫖娼的事，被警察拘留了。目前正在接受调查。最近各种会议、采访，还有杂事缠身，唉！真叫人没法儿活啊。还是你好，一人吃饱全家不饿。"

听见青澜这么说，周怜幽忽然想到，欧冶不也在她们报社吗？便随口问了一声："那位记者，欧冶也认识吗？"青澜听了一愣，就说："应该认识吧，他们都是我们报社的，怎么会不认识？不过，他们之间熟不熟，算不算好朋友，这些我就不太清楚了。"

<h2 style="text-align:center">4</h2>

青澜走后，周怜幽回到茶馆里。荷慧对她说，她要过去照料一下其他茶客。她点了点头，没有作声。然后，一个人独自坐下来，闭目养神。

最近发生的事，对于她来说好像有点儿多，至少颇为杂乱无章。在过去，她的生活是简单的，说单调也行。其实她喜欢那种单调。她喜欢单纯地活着。现在，因为一个人的介入，一个原本是陌生人的异性的介入，使得她的生活发生了明显变化。这些变化的起因，颇似古人形容风之初起的状况。古人说，风，起于青萍之末……风自地上产生，在青草尖上轻轻飞旋，然后形成了凶猛狂飙的飓风，席卷千里之外。周怜幽觉得，她此刻正在愚钝地感受这种轻扬将起之状的前兆。她生性惧怕麻烦，不愿意生活中有太多曲折。有时候，她会觉得自己像一只胆怯的小乌龟，一遇风吹草动，便将身子与脑袋，统统缩回到她那硬壳环绕的世界。

不管怎样，其实这个世界所有的事物，就其本质而言，都是简单的、相似的。简而言之，都很单纯。譬如她的"懒"，其实她并不懒，可是她宁愿用"懒"字来形容自己。在做家务方面，她尤其笨拙，无能。这种情况在旁人看来，她是一个懒婆娘。若不需要担心得罪她，必有很多人愿意站出来对她嗤之以鼻。当然，她自己倒是并未在意。

在工作方面，她也不是一个强悍的女人。某种意义上说，她不喜欢工作，她认识不到工作的价值或者意义。她曾经在不同的公司里工作过，遗憾的是，她总是顾此失彼、疲于应付。由于慢几拍，而常常尴尬地成为众矢之的。她懊恼自己的愚笨和迟钝，害怕成为同事的负担与笑柄。所以，最后她终于丧失了共事的乐趣。不过，她也有快乐。她的快乐是从贷款买第一套房子开始的。自那以后，她开始觉得自己仿佛有如神助，脑子里忽然就浮现出来一个重要的词汇，这个词就是：如法炮制。这种想法源于对"简单"这个词的深入认识和理解。她受惠于买第一套房子这个成功案例的启示。所以，很自然地将第一套房抵押贷款，然后去市场上收购第二套房。她依计而行，接着购买第三套、第四套……那些无孔不入、奔赴寻找各式房源的欢乐时光里，仿佛连空气中都荡漾着鲜花的芳香，她的记忆是如此鲜明，以至于后来专门创办了金蔓花业公司。那些年，她目光奇准，顺风顺水，叫人艳羡。或许因为是女人，她天生懂得房子的重要和价值。她看中的房子后来都很好出手。那是一段令人回味不已的生活。如果说那也是工作，那么她在那种工作中算是一个幸运的劳模。虽然累，但是很快乐。

当然，回到生活中来，她却手足无措。对生活中很多的活儿，她更是一筹莫展。作为少女的她，从未在家庭中受到做家务、烧柴火的安排和训练。她的少女时代，是远离庖厨的时代。不是像孟老夫子说的，君子远庖厨，而是由于父母的摈弃，从此无缘涉足充满烟火气息的温暖厨房。直到今天，她都没有学会做饭。幸亏这个时代科技发达，让人们拥有了电饭煲、高压锅、洗衣机、洗碗机、扫地机、冰箱、电视机等产品。否则，她完全无法照顾好自己。而即便有了这些东西，她对家务也毫无兴趣。在对自己的评价中，她觉得自己好像只会买房子、卖房子……当然，现在这种情形已进入尾声。她很坦然地接受。古人说得好，人无千日好，花无百日红。她懂得什么叫作急流勇退。现在，她对房子也没有更多兴趣了。所以，从这个角度看，她觉得自己又重新回到了一个简单的人的状态。如此简单，在外人看来，可能是废人。至少，是没用的人。在她自己看来呢，她觉得挺好的，一切都好，简单就好。她像勤劳的松鼠，已囤积够了越冬的物品，正在等待凛冬来临。

正在胡思乱想着，荷慧走了进来，她安顿好了其他事务，过来陪周怜幽说话。

在荷慧眼里，周怜幽是本城一位传奇般的女性。她对周怜幽的了解不能说很深入，却懂得她是一个怎样的女人。说实话，在现在的职场上，和像周怜幽这样简单的女人打交道，是一件幸事。早先，荷慧初来深圳时，也曾经历过各种曲折。她入职过大大小小十几间公司，各有特点，也各有令人烦恼之处。后来遇到了周怜幽，相处甚好，并回报亦丰。本来，她老公曾少勇并不希望她出来工作。广东男人的一个特点就是，喜欢屋里的女人留在家庭中照顾一家老小。不过，荷慧不是吃素长大的，她有自己的个性和追求。要她专职去做一个整天围着尿不湿打转的孩子妈，她做不到。虽然这些年，她替曾家生育了三个小孩，所幸的是，她后来终于生出了一个健康活泼的男孩。在广东，生男孩有如获得奖状，是可以接受表彰的，何况她还有一份收入不菲的体面工作，老公也得看她的眼色行事。

不过，自从认识周怜幽后，她并不曾见这位传奇的女性做了些什么了不起的事情。她只知道，关于她的传说很多，譬如，这个女人拥有巨大的财富，她所拥有的房子……尤其是传言她曾经拥有过的房子几乎无以计量……也许，现在的她"金盆洗手"，像深圳部分本地人一样财务自由。可是，这些本地人不过是生在一个好地方，逢上一个好时代而已。可周怜幽呢，却是依靠自己的聪明与智慧，靠着自己的双腿跑出来的。

所以，荷慧一直对周怜幽很感兴趣。她问周怜幽："怜幽妹妹，在刚认识你的那几年，我就听说了关于你的传说……"

周怜幽打断她的话，笑着说："哎，哪有什么传说……"

荷慧说："其实，我一直有问题想要向你请教呢。"周怜幽见她这么说，猜到了她的意思，就笑着问她："是不是一直都在琢磨着怎么做生意呢？总想找到好机会。"荷慧脑子活，见周怜幽问自己，就赶紧赞扬怜幽，说她果然是冰雪聪明的人儿，话不用明说，不点都透。

周怜幽尴尬地说："哪有啊，我可没有那样的水平。不过，最近几年闲来无事，看了不少的书。还有，现在手机真方便，也能够学到很多好东西。"

荷慧说："你就说说呗。"

怜幽说："那不许笑话我。"

"怎么会呢？"荷慧在等着她的回答。周怜幽就对她说："其实关于过去，也没什么好说的。在那个年代，新鲜的事物层出不穷，好机会时时涌现。可是到了现在，犹如来到宽阔的河面，处处雍容大气，风平浪静。我们国家有很多的专家，动不动就喜欢总结这个，总结那个，说这个是'黄金十年'，那个也是'黄金十年'。其实呢，当黄金时期真的来临，有谁能够知道，自己正在经历的便是黄金满地、只要弯下腰来就可以捡到金子的时期呢？真的，我们举国上下十几亿人，不是全都共同亲历了那些如今看来仍然熠熠生辉、遍地机会的黄金发展时期吗？当时有谁知道黄金时期已经到来？能够抓住机会的，只会是很少的一些人，是少之又少的那部分人。即使我把自己也算在内，算是一个小小的受益者，可是，当时的我，也是懵懵懂懂的，像没头的苍蝇到处乱飞。只有过去十余年后，跟你一样，我也是到现在才明白过来，原来那时便是一个熠熠生辉的黄金时代。这才是让我最头疼的地方。所以，实话说，我真是没能力告诉你，下一个黄金十年到底什么时候会来。不是我不肯告诉你，而是我完全不知道。"

这么说来，荷慧可就纳闷了，事到如今，她还有很多想不明白的地方。她又问周怜幽："其实，房子谁都要住啊。可是，只有你想到了，够住也要买。结果呢？买到就是赚到了。只有你这么懂得生财之道。"

周怜幽连忙制止她，说："你这么夸奖我，就太让我吃不消了。我怕别人夸我。"她继续说，"在当时，我哪里能够想得到这些东西？当时那么穷，年纪又小，怎么可能懂这些？遇见黄姐时，我正在失业中，正为没饭吃犯愁。"

荷慧感叹了一会儿。她早就听周怜幽说到过黄姐。并且，她也知道黄姐在周怜幽心目中的地位。黄姐早已不仅仅是一位大姐大了，而是周怜幽倾慕已极的人物。周怜幽过去曾告诉她，黄姐早已是银行的副行长了。现在的黄姐，变成了一个永远忙于工作的女强人。现在，黄姐连来这里喝茶的时间都很少了。周怜幽说，她最近偶尔才能在电话里匆匆忙忙地跟黄姐说上几句话。

话说到这里，荷慧更加郁闷了。她不得不承认，她的家庭出身给了她天生的不足。尚在老家守着几亩薄田的父母亲，祖祖辈辈都是农民，一辈子很少走出乡村那巴掌大的地方，大字不识，老实巴交，一生只懂得种田。唉，这样的父母靠得上吗？所以，她才感叹万千。对她来说，挣脱乡土的羁绊，来深圳或许是一条告别贫穷的路。她艳羡地说："唉，我要是像怜幽妹妹你，这辈子也能遇上一个黄姐就好了。你命真好。"

"命好吗？"周怜幽笑了起来。她自己也感谢命运的惠顾。人生在关键时刻，能够得到别人的帮助真是很重要。哪怕是一个偶然的点拨，也会很有价值。所以她说，"命好……没错啊。一个人的命，好不好，确实很重要。连古人也信命运呢。古代一位圣人说，'莫之为而为者，天也；莫之致而至者，命也'，这说的也就是命运。所谓命运，通俗来讲，就是一个人无意中的经历。"

荷慧听了她的话，不由得暗暗叫苦，她责备周怜幽："哎呀，你又跟我掉书袋了……你知道我读书不好，哪里听得懂这些话。"

周怜幽倒是并不怎么理会她。她习惯按照自己的想法说下去。她说这些年，幸亏读了一些书，才明白了，什么才是命运。古代还有一位先贤也说了，"节遇之谓命"。这些话，虽然简单，她却仔细琢磨了很久。某一日，忽然发现，这些话看起来好像都是在说自己呢。后来每每记起这些东西，她总在后半夜醒来，惊出一身冷汗。

荷慧好奇了，她没有听懂。她迟疑地问周怜幽："你刚才是说，古人一直在说你？他们怎么可能说你呢？隔了几千年……唉！真真切切的，你的话，我是一句话也没听懂。"

周怜幽告诉她："唉，你看，我是不是一直都在叫你平时要勤快一点儿？"

荷慧不由得愣住了，她没有听懂周怜幽的话。所以，她表示了不满，然后说："我只是听不懂你的话而已。这些，跟勤快不勤快又有什么关系呢？"

周怜幽答道："若是不明白，可以去查一查词典啊。翻一翻书，你又不会失去什么。"听了这样的话，荷慧本想表达更多的不满，也只好生生地吞了回去。唉，她现在算是没法儿跟周怜幽聊天了，这个女人，动不动就让她陷入那些她完全不知所云的泥潭中去。那些古人的之乎者也，不是她这样的现代无知女人能够搞得明白的。所以，她只好悻悻然地打住了。过了好一会儿，她叹了一口气，说："怜幽妹妹啊，跟你在一起久了，早晚我得重新回去做小学生。"

周怜幽听她这么说，倒是开心起来了。"哈哈，做小学生？那你还不行呢，小学程度太低，解决不了你的问题。你得有点儿雄心，去上大学，人生有很多问题，是要在大学里解决的。"事实上，周怜幽的心里，一直还做着当学生的梦。她跟荷慧讲："你是不知道，读书才好啊，我们平时所屡次犯的错误，就是从小不爱读书造成的。不读书，思考的范围就大幅度缩小了。你不是喜欢钱吗？读读读，书中自有黄金屋。如果你是男人，还有一句话更合适，叫作，读读读，书中自有颜如玉。钱也有了，女人也有了。哈哈，读书！这可真是个宝葫芦啊，想要什么就有什么。说实话，我倒是很想也很愿意重新回到学校去。好好地念一次书，才是最幸福的事情。可惜，这样的日子，一直都没法儿去实现。真的，直到现在，我仍然想去大学过一过真实的校园生活。不知道现在的大学，还收不收我这么老的学生？"

荷慧听了她这样一通长篇大论，最后听说她仍然想去大学念书，吓了一跳。她说："那还是别走的好。你若走了，我该怎么办？你不仅砸了我的饭碗，还让我少了一位闺蜜啊。这损失太大了，肯定不行的。唉，怜幽妹妹，你不知我有多少话要跟你说呢。"

周怜幽笑了，说："你脑子里在想着什么，我都知道。你跟大家一样，现在这个时代，每个人想发财都想疯了。当然，我比你们疯得更早。疯过后，到现在好不容易才算是清醒过来。不过，这个病还没好。现在我每天都活得好像更困惑了。有时候，只能做做白日梦安慰一下自己。或者什么也不去想，才能够过几天安生的日子。"

荷慧叹气说："你就别扮可怜了，我们这些人才真的可怜。来，说点儿正经的，你看你买过那么多的房子，我很好奇，为什么只有'苏州小院'，你替它取了那么好听的名字？"

周怜幽说："怎么会？我不是替'春风里'小区的房子也取了名字吗？那个名字不好听？"

荷慧当然还记得那房子。不久前，她们还在那个地方度过了一个欢庆之夜呢。那个名字，她也依稀有点儿记忆，是个相当拗口的名字，并且，含义也让人费解。

她说："好听是好听，显得很有文化……可是不好记啊，好像叫……是叫凯……凯什么吧？名字古怪，取得真有水平！哈哈，那天，甚至把报社那个大才子也难住了，让他丢了一回脸。"说罢，捂着嘴笑了。

周怜幽听她这么说，也笑了，她说："又不是我故意为难他，是他自己不理解而已。嘿嘿。好你个荷慧！你也不能念成'凯、凯、凯'啊，这其实是一句非常简单的话，古人表达简洁嘛，它念作'凯风自南'。"

荷慧不好意思了，说："对啊，凯风自南，瞧我这记性。"

周怜幽见状，就开始取笑她了，说她记性好是好，就是孩子生多了，满脑子只顾着要去香港买进口奶粉。荷慧被她说得脸都红了。周怜幽说的倒是没错，有孩子的女人，拖儿带女的，家庭里面的琐事杂事就是多。荷慧对怜幽抱怨说："唉，怜幽妹妹！你也学会笑话我了。其实，我只是有点儿好奇罢了，好奇你怎么会取那么些奇怪的名字。虽然不太懂，可是我感觉到你，其实是有用意的，对不对？"

周怜幽并不想她也卷入一些是是非非的争论中来。她希望有些事情，能够保持平时的懵懵懂懂的状态就好。所以，她便随意回答说："哪里有什么用意？只是普通的一个名字罢了。"

荷慧一直都觉得有些纳闷，特别是最近一段时间以来，她觉得周怜幽好像明显地变了。其实，也不是最近，而是更早的时候，周怜幽开始变了。她从一个沉静温柔的女人，开始变得有些神神道道了，说话总是语焉不详，而且还喜欢掉书袋，让人听了一头雾水。她说的话，总是夹杂着半文半白的句子，没法儿不让人觉得晦涩难懂。不知道的人，还以为她去大学深造才回来。她特别爱说那些让他们抓瞎的话。哈哈。这不是故意整人吗？上次那个大记者欧冶，他算文化人吧，连他都抓狂了……哈哈，她让他们那些没文化的人，可真是颜面尽失……

周怜幽哪有这些意思？她不过是自己也觉得困惑罢了。有时候，她会觉得，一个人一旦有了富裕的时间，就愿意开始折腾自己了。她是个爱东想西想的女人，特别是看了一些书后，想法就更多了。于是，她就变成一个沉湎于自己内心的女人了。现在，听到荷慧这么说，她更加郁闷了，唉，这算什么话？她曾经说过的那些话，那些简单的语言，都是古人日常生活的表达啊。那才是最通俗、最普通的话语呢，怎么会听不懂？还有，他们连注释都不愿意去看一眼，或者不愿意听人解释下去……又怎么能好好地对话呢？

所以，周怜幽与荷慧的饮茶、聊天，通常都是自普通的日常生活开始，到海阔天空、引经据典结束。荷慧往往被周怜幽偶尔无心吐露的几句古雅深奥的文辞难倒。在她与她之间，在一个女人和另一个女人之间，中国古人与现代人的某些观念与趣味，呈现了越来越多不可思议的鸿沟。周怜幽认为自己所关心的那些话题或内容，都是日常的简单的基本的母题。她只是从旧纸堆里，挑选了一些自认为的精华辞藻，来借花献佛而已，她希望引起共鸣，却没有料想到如此不受待见。没人接她的话茬儿，众人退避三舍。她很纳闷。她从未想到，想要努力上升的自己，居然受到如此冷遇。不知道从哪天开始，与别人的沟通，好像突然就出现了距离。有时候，甚至不是距离，而是逾越不过去的障碍。事实上，与先哲们进行对话，其他人会感到迷茫，她自己却正好相反。当她独自沉溺于某些古典式的哲思，借力于先哲们的眼睛和大脑，她才越加神奇地看到这个世界的简单、清晰、有趣。

于是，周怜幽就变成了一个难以沟通的女人。

现在的她，倍感孤独。这种孤独，与过去贫穷时代的花季少女所感到的孤独，是完全不一样的孤独。过去，仿佛是众人独醒我独醉；而现在，她成了众人皆醉我独醒了。

她渐渐变成了思维更加开阔的人，与此同时，她也变成了心思更内向的人。她的脾气好像越来越古怪。无人关注她时，她或许愿意与你沟通心灵，敞开胸怀。可当她发现你想探听虚实，刻意打听她的各种隐秘私事，她就开始与你保持沉默和距离了。她不会完全拒绝你，可是也不会毫无防备地接纳你。当她更加成熟，成为荷慧所说的"熟女"，她就越发不喜欢成为别人茶余饭后的点心和笑谈。如果可以选择，她更乐于自己成为一个孤单的局外人。

你们说话。你们干活儿。你们做事。你们去走自己的路吧。

别管我。我看看就好。

有些事情的意外发生，超出了一个人仅凭一己之力所能预料和抵达的范畴。譬如，周怜幽只是替自己所拥有的几处私宅冠之以名，竟能招致非议。她不得不选择沉默。其实，曾经有幸亲临那几处私宅的男女，少之又少。就连间接地获知隐情的人，亦屈指可数。可是，在过往的岁月中，她早已淬炼成了传说中的风云人物。甚至在深圳这个大都市的某些阶层或人群中，享有一点点知名度，成为飘浮在云层之间的人物。或许正因如此，她才总是招来好奇的质疑，蒙受刻薄的猜忌与刁难。她幼失怙恃，一切亲情皆避她远遁。而她，唯有以不断添置的房屋寄托心中念念。永远也不会有人明白，于她而言，有房子的幸福无所不在。于她而言，每一处房子，都代表了不同的风景；每一处房子，都倾注了深深的眷恋；每一处房子，都像是暗夜里一方足以自慰的沉溺；每一处房子，都是她的一个沉重的梦魇。

年岁渐长的她，头脑终于冷静下来，思维变得越加清晰和明了。她知道自己有什么，没有什么。她也知道现在的自己需要什么，不需要什么。她知道自己喜欢什么，不喜欢什么。所以在生命最为丰盈的时刻，她仍然孑然一身，固执地选择了极为平凡而简单的独身生活，即使她的一生为房子有所耽搁与荒废，她也绝不后悔。

她是从充满遐思的少女时代走过来的女人。很长时间以来，她的胸中总是涌动着许多冲动、热血和激情，珍藏着少许珍贵的梦想、渴望和祈盼。她一直在奋力地追求、攀缘、企及。如今，十几年过去了，她也即将迈入不惑之年。虽然生命目前像树干那样，还差那么几个年轮抵达可怕的四十岁。可是，那短短的四五个年轮，也正奔袭着冲向不远的目标。年轻的时候，她渴望长大，渴望自己能够骑上一头不顾一切的梅花小鹿向着未来飞奔。可是，一旦生命到了一定的阶段，她拼命想要阻拦的，反倒是那头永远不知疲倦的梅花鹿了，她祈盼那头小鹿能够慢下脚步来。在她恐惧的想象中，美之化身的梅花鹿，正由可爱的青春领路人，逐渐长成一个衰老的阴郁巫婆……

她曾经有过挚爱的外公外婆，可是与他们相处的时光并不长。她曾经有过母亲，甚至有过父亲，可是跟他们相处的日子更短。她觉得，像她这样犹如石头缝里生长出来的野草一般的女孩，跟悟空大哥是近亲。没有他的本领，却有他的身世。她没有过去，也没有未来。所以，她能够拥有的，只是现在。孤独的人，是痛苦的，因为她无从获取温暖和慈爱；孤独的人，是悲伤的，因为她无从予以报答和分享。

所有这一切，构成了她的小秘密。所有这一切，构成了她从未告诉于别人的小秘密。所有这一切，构成了她此生不可告人、沉溺其间且无聊又悲伤的小秘密。

第六章　陋室纪

1

一周以后，周怜幽告诉荷慧，她所热切期待的黄姐要过来了。她说，黄姐将于百忙之中抽空过来小茶馆坐一坐。周怜幽让荷慧提前做点儿准备，打扫干净小茶馆，备好上等茶叶和点心，如果黄姐有时间，就留她下来吃顿丰盛的午餐。对了，如果还有檀香，也可以先行点着。说了这么多，一切照平时所奉行的原则就好了。荷慧听了，大喜，乐颠颠地遵嘱照小。

周怜幽习惯把自己锁在家里，阖门幽居。她的家，不是她曾经用于招待大家的"春风里"，当然，更不是"浪人湾府邸"那套用于出租的私宅。她现在居住的，是靠近深南东路附近的一套小居室。她喜欢居住在城市的东部。不过，当城市一轮又一轮扩大之后，真正的东部却渐行渐远。现在，她忽然有些心疼"浪人湾府邸"那房子了，这次正好租客退房，她打算收回来，重新装修一番，不再出租。她心里清楚，那套房子原本在她的盘算体系中拟用于馈赠，她想赠送给她生命中曾经出现的第一个男人。当然那是一个完全陌生的男人，一个久未谋面的男人。她讨厌那个男人，抗拒那个男人，甚至憎恨那个男人，可是她又不得不接受那个男人。因为，那个男人，活在这个世上，却空自领受着一个不配拥有的神圣头衔：父亲。

在她心里，父亲的面目非常模糊，只不过是用线条勾勒出的一个男性的轮廓。那种容貌，隐匿在云山雾罩中，她永远看不清楚。除了事实上从未见过面外，她本身也并不想去看清楚那是一个怎样的容颜。是的，她从未见过那个号称父亲的男人，只能在意识深处，长期存放着关于他的淡漠想象。那是一个空洞的留白，没有真实的内容可供填充。从心底说，她一直是拒绝他的。真的，她很想放弃他。当她年纪渐长，有判断能力了，有自己的本领了，拥有否决权了，她就恨恨地想，总有一天，她要亲手去遗弃那么一个男人，像他遗弃她那样，方解心头之苦。

但是，即便如此，她仍然会不受控制地去猜测和想象那个赋予她生命和肉体的男人。在她的童年时期和少女时期，街坊邻居在路上遇见她时便会品头论足，有人说她长得像她父亲，也有人说她长得像她母亲。可是在那个时候，她最害怕听到的，就是这些不着边际的议论，总想逃得远远的。她讨厌自己的容貌像被踢的皮球一样，在两个大人之间循环回弹。她讨厌成为众矢之的。直到有一天，她将自己梦魇里所见的情形，用简练的线描手法画了出来，她惊讶地发现那竟然是一个男人的形象，她清楚地知道那是她的父亲。可是，却无法看清楚他的脸，连猜也猜不到那应该是什么模样。无奈之际，她偶尔看到了宫崎骏的动画片《千与千寻》，她死水般的心里，激起了波澜。那结果便是，她将那个人形的图像，保存了下来。既然无法看清他的脸，她就干脆留着不画了。于是，父亲在她笔下就成了一个沉默的无脸人。与《千与千寻》里面那个无脸人宛若远亲。一个父亲，居然变成了一个没有脸的人，这成为她心中永远的痛。有一段时间，她曾经想将那幅亲手画成的无脸人画像，挂于"浪人湾府邸"那套住宅，可是，这种残忍的冷幽默，由于租客频繁地更换，最后也就作罢。

其实，更让她难受的是关于母亲的追寻。她有记笔记的习惯，她自幼乐意偷偷将生活中的喜怒哀乐写在一个笔记本上面。偶尔，她也会信笔涂鸦，描绘心中的所思所想。那个笔记本，就是她内心的小树洞，无声地收藏着她从少女走向成年的许多小秘密。曾记得，在她二十九岁那年的一个下午，在将要进入而立之年之际，备感伤心的她，在这个小居室里，忽然捕捉到了脑子里闪过的一个句子，她沉默地将那句熠熠生辉的话，不动声色地记了下来，作为她幽暗树洞里面的又一金句。她写道：一个失去了母亲的人，是没有故乡的。想到母亲，她非常难受。事实正好相反。事实就是，她有母亲，可她仍然没有故乡。写完这句话，她就哭了，哭得很伤心。母亲抛弃她而去，却不知遁入苍茫大地之上的哪座名山古刹？唉，登临古寺前，小草何芊芊。她与宋朝皇帝写这首诗歌时的心情，是完全不一样的。她没有古寺可供登临。眼中的小草，绿了一遍，又荒了一遍。年年岁岁花相似，岁岁年年人不同。与母亲虽然同在人间，却又宛如隔世。她无法回避这份痛楚。她买房子，是为了自己活着，为了自己在这个孤单的世界，寻找一方安身立命之所。可是，当她的购买能力得到飞速扩张的时候，她天真的想象力，就开始满世界飞翔了。她不无激动地想到，原本，她一个女孩儿也能够做很多的事情啊！她可以向那些至爱的亲人分享她的辛苦和快乐，尤其是成功与荣耀。无非就是买更多的房子嘛，有房子的地方就有家啊。她狂热地谋划着，在虚拟的世界里，编织一份隆重的幻想。那个苏州小院，赠予外公外婆。这个小陋室，留给自己。宽敞的"春风里"，就留给备受折磨与伤害的母亲吧。

还有，那个她有些嫌弃的、充满陌生人气息的出租宅子，能否等来一个自称父亲的陌生人？

她的传奇故事慢慢成形，如果有源自内心的动力，那么这就是她最原始、最温暖、最热烈，也是最源源不断的动力。她按照自己内心的渴望去做了。在那些后来被专家誉为"当代房地产黄金时期"的漫长的数十年里，她辛苦奔波，全身心投入，总是比别人领先一步，终于获得了成功。

可是，她只有在物质上是成功的。她拥有了那些房屋，却无法找寻并安置好那些房屋的隐形主人。所以，那些早已命名和未曾命名的房室和宅院，一直以一种虚席以待的姿势，等待着它们的真正主人莅临。而周怜幽，在常年奔波和交易的过程中，她宝贵的青春年华也像奔腾不息的东江一样流淌过去。俗语曰，天增岁月人增寿。天增岁月，可是天不会老，而人增寿呢，人是要衰老的。在那些反复交易的繁荣年代，她也忘却了应该善待自己。饮水能饱，甘苦自知。她不会做饭（或不愿做饭），不会做家务，不乐意甚至不会惦记着做交易以外的一切事宜。她拥有了交易，就拥有了自己的生活；她拥有了交易，就找到了自己的人生目标；她拥有了交易，就拥抱了这整个世界。

她自己需要的，并不会太多。岂止是不会太多呢？于自己而言，她只喜欢小而美的东西。她现在居住的温馨之所，依旧是那套最初购买的小公寓。没错，正是她所购买的第一套小房子。在她心目中，那便是她作为人生的新起点。她喜欢这个小居室。事实上，因为这个小居室的小，导致了她倾心于一切小的东西。她觉得这么小的房子足够她住了。她一生中最开心、最有意义的时光就在这里。所以，她从未考虑换掉它。这里的一切都是熟悉的，温馨的，令人依恋的，难以忘怀的。

这一天，像所有的一天一样，她起床，梳洗，更衣。她的脸在盥洗室的镜子跟前闪动。那是一张她熟悉得不能再熟悉的脸了。她不像别的女人，在盥洗室里堆满了各种名牌洗发水、香水和护肤品。不，她喜欢自己素面朝天的模样。她有理由骄傲，有些女人的皮肤天生白皙细腻，而且颇具弹性，天生丽质，她恰好便是这种女人。

当然不是为了节省。现在的她，早已不用考虑节省了。可是，她仍然喜欢节俭的生活。

小居室只有66平方米。有一间舒适的卧室，坐在宽阔的窗台上，垫上一个柔软的棉垫子，她就可以悠闲地眺望对岸的香港。这宽阔的视野，完全可以满足一个人的左顾右盼。"凯风自南"那边好像也有如此这般的布局和视野，可是她很少在那屋子逗留。在此地，她还收拾出了一间足够宽敞的客厅，只摆放了几件简单舒适的家私，便足够一个人的来来往往。当然，这里，迄今为止只来访过一个正式客人，那就是黄姐。那是她最初买下这套房子后为了分享她疯狂和喜悦的心情，特意在这房子里为黄姐做了一顿晚餐。鉴于她极差的手艺，动不动就烧焦菜肴的本领，黄姐笑吟吟地接手了后续的烹饪工作。不过，那天她与黄姐吃得很嗨，开心，放纵，几乎醉得不省人事。那天她几乎抱住黄姐睡着了。自那以后，这间房子就再也没有别人来过。不是没有人来过，是她不允许其他人造访。

她的房间全部漆成了苹果绿色。不是很正宗的苹果绿，而是那种一抹淡淡的苹果绿。四下养了不少的花草。她觉得自己仿佛住在森林里。她少女时代的梦想有很多，住在森林里算是其中的一个。她还像其他幼童一样，曾经渴望各种布娃娃，所以，她精心从各处商场或购物中心买回了很多不同的洋娃娃、芭比娃娃，有毛茸茸、温暖可人的娃娃，有会唱歌的娃娃，有会眨眼晴的娃娃。在那样的满足中度过若干年后，她才选择了断舍离，清除了所有不再留恋的东西，让房间变得空旷。看着小居室的空间日渐变小，后来又日渐变大，她心满意足地在房间内走来走去。然后，坐在窗台温暖的棉垫上，慵懒地泡了一杯热茶。

事实上，看到现在这个时代城市的幼儿园和小学校园里才华横溢的孩子们，她常常禁不住深深叹息，他们才是拥有幸福人生的人啊。在她的童年和少年时代，她完全没有机会可以任性为之。在那个捉襟见肘的岁月里，她没有条件想学什么就去学什么。她没有机会学钢琴，学小提琴，学美术，学舞蹈……就连最简单的唱歌，她也是无师自通，哼哼而已。当有人请她放声歌唱时，想着自己的五音不全，她只能含羞婉拒，心里充满惭愧。

所以后来，在这个小居室里，她能想到可以去做的，只能是那些最基础的活动，譬如读书，譬如写字。偶尔，她也喜欢画一画。如此下来，每天只要有空，她便去写字或画画。日积月累，天长日久，她写的字越来越好看，画的画也越来越有模有样了。有人赞美她的字娟秀古朴，绘画简练传神。不过，她的字与画并不轻易示人，只在屈指可数的几位闺蜜中传看。在那之后，有好事的朋友方也妮，一位小有成就的漫画家，某日兴之所至，挥毫替她画了一幅漫画。画中，一张性感的厚嘴唇与一枝如椽巨笔，遂成了她的标识。

在这里，她还亲自临摹了唐朝刘禹锡的一篇雄文《陋室铭》，挂于西墙之上。书曰：

　　山不在高，有仙则名。水不在深，有龙则灵。斯是陋室，惟吾德馨。苔痕上阶绿，草色入帘青。谈笑有鸿儒，往来无白丁。可以调素琴，阅金经。

无丝竹之乱耳，无案牍之劳形。南阳诸葛庐，西蜀子云亭。孔子云：何陋之有？

　　悠长的日子，适合将时间花在诗意的俗事上。在这小居室里，她曾经用了整整一个下午数小时的时光，静静地等待和注视着一朵粉百合的开放。那是预示幸福降临的粉百合。那种时候，她觉得心有所属的人才会等来幸运。她告诉自己，生命最大的奢侈，就是虚度时光。

　　人间的周而复始，来自生命的往复轮回。

　　而世间事物的兴衰与凋零，仿佛也大致如此。那天，欧冶打来电话，询问她是否有时间。他感叹，他们有好些天没有见面了，而现在，不知怎的，他越来越想见到她。

　　"为什么呢？"她有意无意地问。

　　"或许，这就是爱情？"那个男人在电话的那头，这么对她说。

　　哈，他已经开始沉不住气了，用了大半年的时间兜圈子。现在，他等不及了，或许正在试图使用一个生活中最难妥帖把握和运用的词：爱情。他是想用这样厚重的词汇，来敲开她的大门吗？

　　不，她没有什么大门可以朝着他开。

　　她只有这一间蜗居。这蜗居积淀了她十几年来所获得的安定、自由和满足。她不会轻易打开蜗居之门，让无缘者得以进来。

　　可是，还有一个问题，长久萦绕在她的脑海里，她与他之间，有爱情吗？

　　欧冶在另外一个空间里对着电话说话。她听见他的声音沙哑且诚恳。有那么一会儿，她差一点儿就被他打动。不，其实她是被自己的善良与无奈打动。她对他说："既然您想见面，那么，我们这几天找一个时间见见面吧。"她想起了黄姐。然后告诉他："今天是不行的，今天已经有了安排呢。"

欧冶在那边，过了好一会儿，才回答说："好吧。"

周怜幽的蜗居，处于市区一片山包与树林的环绕中，得四时晦明变化之利。她有一个爱好，这是个一时兴起、偶尔为之的发现。原来每逢冬天的黎明之际，她总是被热闹喧嚣的椋鸟鸣叫声吵醒。她起身来到阳台，将手机的录音键打开，椋鸟婉转高亢的鸣叫，立即悉数传来。然后，她会打开手机，侧耳倾听手机里收集的众多椋鸟那纯净无比、令人称奇的天籁合唱。

这天，出门之前，她再次检查了一下这份录音。这是她在过去的许多个清晨，用心录制并剪辑成专辑的椋鸟歌唱的音乐文本。制作完成后，她一直收藏在电脑里，最近才想起这件事来。她要将这份神秘而少见的大自然遗响，播放给黄姐听，她一定会为之惊叹不已。

当她抵达小茶馆时，眼前的一幕让她大吃一惊。迈进大门，茶室周围到处摆满了鲜花。鹤望兰、蜡梅、三色堇、仙客来、郁金香、火烧花、玫瑰、山茶花、水仙花、寒兰、仙人指等等，一切冬令时卉，应有尽有。一时间，小小茶馆，有若花市，流光溢彩，盎然一片春意。

周怜幽问："怎么将花市开到茶馆里面来了？"

荷慧笑吟吟地说："你不是说黄姐今天要过来吗？我想了想，快到新年了，就让咱们的金蔓花业送了一些最美的时令鲜花过来。你看，好些是才从昆明空运来的。咱们也要好好地铺张欢庆一番。"

周怜幽哈哈大笑，说："你倒是会想啊，可你知不知道？有些事情，是不需要刻意为之的。这么小的空间，摆上几盆合适的花，也就够了。"

荷慧谦恭地说："只是想让黄姐开心！还有怜幽妹妹你，你也要心情舒畅才好，嘻嘻。新年临近，一年又要过去了。咱们也算是近水楼台先得月，自己开着金蔓花业，岂能不好好享受鲜花盛开之美？"

周怜幽告诉她："黄姐来不了了。刚才黄姐打了电话来，说临时要去参加一个重要的会议。会后，还要赶去北京参加粤港澳大湾区金融高峰论坛。"

荷慧吃惊地说："到年底了，她仍是这么忙碌吗？"

周怜幽说："她的时间由不得自己做主，没办法啊。"

既然黄姐来不了，周怜幽就想到了青澜。青澜上次过来，也是匆匆一见，只坐了一盏茶的工夫，很多话来不及细言。可是，有了黄姐的先例，周怜幽猜测青澜也是没有时间的，她在媒体工作，每天工作的饱和度超高，完全没有办法规划安排自己的生活。周怜幽就想，不如守株待兔，等着她们的出现。

这么想着，她命人将茶室的门关上。她很疲倦，想要靠在那张据说是乾隆时期某个王妃娘娘睡过的贵妃椅上，安静地休息一会儿。

2

这个时候，她想起仍有一桩未了之事，牵涉到一位未了之人。这个人，便是欧冶先生。她想了想，便从背包里找出手机来，给欧冶打了一个电话。电话正在拨通中，她却听见了一个真切的铃声，在自己的附近。哎，难道是出现了幻觉吗？她循着声音找去，才发觉，那不是幻觉，而是真实地出现了一个她正在找的人，那人便是正在接着电话的欧冶。

她微微地皱了皱眉头。不，这不是她想要的结果。况且，这个不速之客，扰了她的清梦。她看见欧冶满面笑容朝她走过来，她便按掉了电话。

"哈，巧吧？果真在这里。"那个男人大大咧咧说。

周怜幽本来晴朗的脸色，现在转成阴郁，她忽然有些恍惚感，有些不耐烦了。她冷淡地对那个人说："您……您怎么就来了？"

那个男人将背包取下，搁在古木椅子上。他没话找话地说："今天，我去采访了一位企业家，正好是你们罗湖这边的企业家。本想回报社，突然想起很久没有看到你了。所以，我就顺道过来探访你。"

"我哪里需要探访？"周怜幽说。她忽然之间，去遮挡自己的眼睛。哦，阳光太强烈了，她的眼睛看不清楚他……她有些不耐烦了。到底是来了一个人，还是两个人？

"您是欧冶吗？"她看见两个人影在晃动。

"我？我当然是欧冶啊。怎么了，你不认识我了？"欧冶感到奇怪，她的语气怎么顷刻就变了。

而周怜幽呢，瞅见他……噢，不！瞅见两个人叠在一起，如影随形……她提议说："您……对了，麻烦您站起来一下，让我瞧瞧……你们怎么两个人一起来了？"

"两个人一起来？哪里有两个人？"欧冶看看四周，摸不着头脑。

"对啊，您后面的那个男人是谁？他怎么总是躲藏在您的身后呢？"周怜幽眯缝着眼睛，继续用手臂去挡窗口的光，仿佛要探个究竟。

欧冶见她这样，不由得乖乖地站了起来。一时间，他有些手足无措。

"对了，您别动！你们两个人都别动。"她的上身向一侧倾斜看去，仿佛要找出藏在他身后的那个男人。

"没有别人啊。我进来也只看见你一个人在这里休息。"欧冶有些委屈地说。他的身体，此刻正像城市雕塑立于街头那样，完全凝固住了。如果他不眨眼睛，那他就完全成了雕塑。

"真的吗？我怎么看到还有一个人在您的身后呢？吓了我一跳。"她仿佛自言自语地说。

"真是我一个人啊。不信，我转个圈给你看。"欧冶充满委屈，垂头丧气地说。

周怜幽擦了擦眼睛，并不回答他。然后，她捂住了脸庞。少顷，才睁开双眼。

"现在好了。唉，刚才我怎么看见两个人进来呢？"她丧气地说。

"我可以动了吗？"欧冶小心地问。

"请坐吧。刚才您真的吓住我了。我竟然看见两个男人……"

听了她的话，欧冶有些将信将疑。她怕是眼花了吧？可是应该不会啊，她又不是老太太，并且，这个年纪，离更年期也还远着呢，怎么就老眼昏花了？甚至错把他看成了两个男人？

周怜幽抱歉地说："真是老了，这眼睛就是不行了。"

欧冶见她煞有介事地说话，一时间，也不知道该如何回应她。只是在这样短暂的时间里，突然面对一个神神道道的女人，他也没有办法。不过，当他平静下来，心头却油然升起一股不满和恼怒。

周怜幽也不理会他这些，问："您进来，有没有看见荷慧？"她的声音，又变得公事公办的模样，然后朝门外喊："荷慧——荷慧——"

欧冶虽然不快，却也不好表示什么。他想起了此行前来的目的，便低头从背包里找出一份礼物来。那是他在广西下乡时买的一只便宜的绣花手袋。

手袋上面绣着壮族民间传统的色泽鲜艳的花纹。买它时，他还跟那农村妇女还了价，节省了5块钱。

"我从广西给你带了一件礼物。"他说。

周怜幽接过他递过来的礼物，就笑了起来。这种手袋，她倒是没留意过的。不过，她不会去用这种手袋。若单纯从审美的角度看，她也不是这种风格的女人。她不想用这只手袋，更多是因为，她现在对欧冶的想法有所改变。

欧冶见她没说话，就告诉她说："我刚才上来时，看见荷慧正在楼下跟人说话。今天这里怎么了？到处鲜花怒放，喜气洋洋，是要举行盛大庆典吗？"

周怜幽说："哪里有什么庆典？荷慧说快过年了，让人搬了些花卉过来，装点一下环境。好看不？"

欧冶来时已看到了这番惊艳景象，现在他装作环顾四周，嘴里赞叹不已："当然好看，谁不爱鲜花的美丽？"

欧冶终获机会坐下来聊天。他告诉周怜幽，上周末加班，晚上九点才回家，正巧遇上青澜姐也刚忙完工作，就陪她去附近餐馆吃晚餐。此刻，他没话找话地说："原来你跟青澜姐相识，是缘于她的丈夫啊。"

"这有什么奇怪的吗？总得有一个先认识的人吧。"周怜幽告诉他，"青澜姐的老公是本地一家房地产企业的老总。当年买房子，我先认识青澜姐的老公，后来才认识了青澜姐。他们夫妇俩，人都好，肯帮人。"

欧冶说："如此说，你是她丈夫的客户了。"

周怜幽："您这么说也对。很久以前，我的确算他们公司的客户，哈哈。还买过不止一次房子呢。他们公司的产品，房型好，容易脱手。"

不止一次？欧冶先是听她这么说，马上又见她说"容易脱手"，心里就想，这几句话的另一个含义恐怕就是，她买卖那些房子赚了很多钱吧？当然，这句带艳羡与嫉妒的话，他没好意思说出口来。

周怜幽沉浸在往事的回忆中，良久才说："您看，人生大抵如此的，那些房子倒是很容易就转手了。当然，最终也不知花落谁家。可是那时认识的青澜姐，却与我有缘成了长久的好友。"

欧冶故作羡慕地说："看来，有时做生意也很好啊，一不小心就多了很多的好朋友。"

周怜幽说："哪里会不小心？不小心才做不了朋友呢。不小心的话，不做成对手就万幸了。"

欧冶说："哈哈，也对。总之，是意外收获。"

周怜幽说："您不知道吗？生意场上无朋友。能够成为朋友，才是最偶然的事。"她与青澜姐之所以能够成为朋友，原因在于她们俩都是性情中人。她们当然都愿意挣钱，但是不会利令智昏。

"哈，对了，青澜姐特别夸奖你，她说你古文水平高。"欧冶仿佛想起来了什么，又说，"我对青澜姐说，过去是我小看你了。现在才知道你的厉害。"

周怜幽笑着说："不过偶尔喜欢翻几页书罢了，哪能说厉害？我只是打发时间而已，您别太认真了。"

欧冶想起上次在"凯风自南"，有点儿难堪起来。"上次，你让我好生惭愧。现在才知道，其实，不仅古文好，生意也做得好。怪不得青澜姐一直夸你。"他挠了挠头说。

"您客气了。说到做生意，我就更不行了。再说，近些年，生意也越来越不好做，我也就收手不干了。所以您现在看到我，整天无所事事，不要笑我是寄生虫就好了。"周怜幽笑了起来。

"依我看，房地产生意都是大生意啊，普通人，难以涉足。如果能够进入房地产，必然有不为外人知道的诀窍或者秘密。"欧冶说。

周怜幽见他这么说，知道没法儿跟他细说。因为房地产，那可是一个涉及面很广泛的领域。不仅范围大，而且项目多，涉及方方面面。而她，只不过是做了其中的一点点小之又小的业务。没错，就是买房子卖房子嘛。她这么对他说："也谈不上诀窍。这世上的事，只要您想去做，应该都做得成。咱们中国人，最会做买卖了。别人卖飞机、火箭都能行呢，我只不过是买卖一点儿房子，又有何不可？我说这些，让您见笑了。至于所谓诀窍，我觉得真没什么诀窍。如果有，就是要有点儿眼光吧，眼光要放长远一点儿。"

她又说："我所指的眼光，不完全是康德关于'头上的星空'和'心中的道德法则'那些话。能够想到庄严的星空当然好，以天下为己任也好。而我所看中的，所喜欢的，不过是在简单的生活中，能够提醒自己要看得稍微远一点儿，我所说的远见，不过如此。真正打动我并且照亮我人生的东西，其实是《道德经》中的一段话。"

欧冶更好奇了，问道："《道德经》？那不是老子的著作吗？"

周怜幽回答他："是的，《道德经》太深奥了，我读不来。我只记得老子说过的几句话。而且，关于那几句话，估计这个世上太多的人比我还熟悉得多，很多人都能够倒背如流。"

"那是什么话？"欧冶将信将疑地问。

周怜幽说："我若说出来，您别笑话我啊。我喜欢老子的那句话，就是，'道生一，一生二，二生三，三生万物'。"

如此简单，尤其是如此宽泛且语焉不详的一段话，怎么能跟房地产生意搭得上关系？欧冶怎么也想不出来，这句话里面究竟包含了什么诀窍与玄机。他反复琢磨，颇觉无趣。以他有限的思维能力和贫乏的想象力，怕只能徒生烦恼罢了。唉，这个女人，用这样的话来糊弄自己，这不简直是笑话吗？他不置可否地摇了摇头。

周怜幽看出了他的疑虑与鄙夷，就说："我说了吧，您肯定要笑话我的。不过，这可是您要问我的，我老老实实地告诉您了，您可别不信啊。当年我买房子，心里想的便是这些。一生二，二生三……只是没敢往后想，三还能够生出万物来。"

欧冶听她仍旧这么唠唠叨叨说下去，而他却仍然没有从中发现什么有价值的东西。他所能够感受到的，只是来自一个女人的一些肤浅的说教，或许还包含了对他的嘲讽。她的机智和聪明他也是领教过的。而这个时候，他的走神和犹疑不定，又加重了这种不信任感。这时，一股热流涌上大脑，他忽然感到了一种被戏弄的侮辱。最近这个女人，仿佛有意在与他保持若即若离的关系，或许骨子里根本就是存心看不起他？哼，她竟然用老子的"一生二，二生三，三生万物"这么简单的话来忽悠他，以为他不懂啊，再怎么说，他欧冶也算是一个正宗的文科类大学毕业生。一生二，二生三，三生万物？你以为你是一块肥沃的土地，掉下几粒麦子，就能长出一片丰盛的麦苗来？这么一想，急火攻心，他愤而起身，不管不顾地说："你就别逗我了。"

她怔怔地看着他愀然作色，心中正在叹息，这个男人怎么如此容易被激怒呢？她在想着，该怎么去安抚他。这个时候，欧冶正被自己内心奔涌而出的某种自卑和自尊刺激着，他一扭头，便对周怜幽说："算了，算了……今天没法儿聊天了，我们以后再会吧。"

说罢，任由周怜幽挽留，他头也不回地离开了。

一个平时刻意保持谦恭有礼的男人，今日忽然有如癔病发作，令周怜幽瞠目结舌。她无法挽留住他的脚步，便任由他离去。少顷，她平息下来，才开始觉得自己有些心不忍。

事实上，她并没有戏弄他，更没有嘲笑他的意思，而他却误解了她。倘若有过戏弄，那也只有在装作眯缝着眼睛看他的时候，她着实挑逗了他。睡醒时，她经常看外界都是两重映象。这是她的眼睛惯有的毛病。今天她恼火欧冶不请自来，所以戏弄了他一番。或许那会儿，他早已积蓄了满腔怒气。可惜，他不能分辨他自己迷失在哪里，还反过来责怪于她，迁怒于她。这才是他的不是。天地良心，她对他说出来的那些话，都是她花了近半辈子的时间，才从古老的哲言中反复琢磨领会出来的金玉良言呢，那真真切切是她的肺腑之言。

不仅是所谓的做生意，而且包括了生活中诸多方面。她发现，在这个世上，包括许多东西在内，无不遵循着这样的简单法则行事。一生二、二生三、三生万物……她惊奇地意识到了，假以时日，自己竟然慢慢地也能够看得清楚"三"后面的那个"万物"了。哈，她仿佛开了天眼。她很想去询问他，只问他一些最最简单的问题，看看他能否回答自己。她想问他，世上所有的财富不就是这样积累起来的吗？所有人与人之间的感情，不也正是这样积累起来的吗？

3

过了一个周末，周怜幽又想起了欧冶。想起他狼狈的双重人影，不禁莞尔一笑。玩笑开过了头确实不好。她给欧冶打了一个电话，这次却发现他竟然将手机关了。"您拨打的电话已关机"，她拨打着他的电话，而她的手机里反复出现这个声音。她无言地坐在家里，阖门静居。她在反省自己，是不是真的太过分了？她完全没有想到，一次涉及老子哲学命题的谈话，被一个男人视为戏弄，让他恼羞成怒，拂袖而去。唉，真是何至于此啊？

但是，她天性是一个敏感柔弱且犹疑不定的女子。在她的情感深处，藏着一些柔若春水的感情。不久，她就开始后悔了。原本，她是想要弃他而去的，想要弃他而去的原因，便是她发现了他与自己的不合。她发现他实际上与自己早已渐行渐远。可是，现在，她却因自己的行为举止而深深苦恼。她从未想要去伤害他。即便想拒绝他，自己默默地走开即可。

好聚好散，不是吗？她这么想。

过了很长的时间，她的烦恼和不安，都没有得到有效释放。她苦闷极了，下意识地玩着手机。荷慧给她打来两个电话，她都不予理会。勤香给她带来了两箱甜甜的赣南脐橙，她也没有回音。后来，她不经意地翻开微信，检查某些未曾读取的留言，忽然发现了来自欧冶的一段话。欧冶在微信中这样写道：

周怜幽女士，很多次没法儿联系到你。后来见到了你，可惜又是不欢而散。所以，只好在这里跟你写这些话。与你的相识，给我带来了许多的诱惑和好奇，还有快乐。为此，我不得不承认，很长时间以来，我一直都魂不守舍地眷恋你，追逐你。

可是，我也发现，与你的相处也给我带来了不安。我觉得，那是一种几乎能够致命的威胁。不知从何时开始，我总是忐忑不安地感觉到，在我的头顶一直悬挂着一柄锋利的宝剑，如果悬剑的马鬃断了，我将立即魂归一梦……

如此可怕的噩梦一般的幻想图景，让我日夜担惊受怕，不得安眠。

我感到不可理喻的是，因为我的身世，因为我幼失怙恃，才得蒙你的允见。如此荒唐而冷酷的先决条件，则让我陷入惶恐。由于天生的缺陷，我情感上没有得到正常生长和发育，存在很多先天性的欠缺。譬如我不懂得关爱，不会同情别人，从未感受到温暖……冷漠的现实教给我的只有挣扎、算计、攫取、狂欢和无所顾忌。

而你想要寻找的人，竟然会是这种背景产生出来的人？真不知道你是怎么想的。

第六感告诉我，你正在渐渐地离我而去，或许，我最终还是要失去你。可是，担心又有什么用？害怕又有什么用？惋惜又有什么用？

一个人最痛苦的，莫过于透过别人的眼睛，看到了自己丑陋的面目。这大半年来，我在各种困境中挣扎，想要跳出那些苦恼和悲伤。可是，根本没有办法。

遇见你，已经是一种奇迹了。我知道是借助了偶然的力量。不过，因为走近你，我才因此有了更多的困惑、失落和屈辱……

读了欧冶写的文字，周怜幽这才如梦初醒。现在，她才终于找到了横亘在她与欧冶之间的巨大障碍。遗憾的是，这种障碍不是普通的沟壑，她与这个男人之间，确实存在着一段漫长而寒冷的蛮荒之路。

即便如此，她仍然痛切地感觉到，听闻错误的传言或不假思索地轻信，真是一桩糟糕的事。譬如，她从未表示过她想找一个双亲不健在的男人。天地良心，她怎么可能说那样昧着良心的话？然而现在的她，却被赋予这样的一种人设，这该有多荒谬？

由此，在欧冶那里，她背负了自私的指责和骂名。事实上，她从未轻慢过谁，从未鄙视过任何人。她痛心地感到，她所祈望的那些温情，又有谁曾用心地来试图了解过？谁又曾用心抚慰过她？

她没有理由歧视他，正像没有人可以歧视她一样。她不堪回首的经历，全都证明了她最沉痛的愿望就是阖家团圆。她畏惧、忧心、害怕一个人的孤单。阖家者，全家也。一个都不能少。她喜欢阅读古代文字的一个理由，就是她羡慕和倾情于古人生活中的朴素、温情、坚守和追求。传统文化中的大团圆结局，包含了一代又一代人对幸福的渴望，对完美的追求和祝福。她就是这么一个粗浅简单的女人。可是，你知道有多少民间故事，其传奇警世的价值都指向这里吗？在她看来，民间，唯有民间的意志，才具有深厚的感召力和引导力量，这可不是谁想改变就能够改变的。她单纯而浅薄地热爱着世俗氛围里的勤俭持家、和睦相处，她热爱中国传统家庭人丁兴旺、子孙满堂的盛大景象。噢，人丁兴旺！这是一个多么美好的词汇啊。这个词，意味着福寿绵延、祖孙齐全。而她是多么渴望外公外婆犹在人世，渴望父母仍在身边。这才是她内心暗流汹涌的梦想和寄托。她最喜欢的中国字词里，有五谷丰登、六畜兴旺、阖家团圆、幸福圆满，都是至美文字，具有感人至深的力量。这些文字所传递的，是中国百姓心里最朴素、最温暖的情感。

想到这里，她忍不住跟青澜姐打了一个电话。她要好好地托青澜姐向欧冶做一做工作，不为求他什么，只是为了向他表明自己的人生理想和态度，消除他的疑虑和误解。她要告诉他，自己是一个怎样的女人，同时也告诉他，自己不可能是另一种女人。她不会因为他的偶然误伤，而让这个世界的色彩在她的眼里，改变了模样。

可是，打给青澜姐的电话也没有被接通。她很纳闷，难道最近要走下坡路了？运气这么差啊。正闷闷不乐之时，电话的铃声响了起来。她低头一看，正是青澜姐的来电。

"青澜姐，你再不接电话，我都要急死了。"她着急地说。

"啊？这么严重？发生什么事了？"青澜姐问。

"什么也没有发生啊。就是……嗯，就是想你了。"她稍微平复了一下自己的情绪，这么说。

电话那边，青澜姐笑了起来。

"怎么了？发生了什么，让你变得这么脆弱了？"青澜姐说。

"我不脆弱。我只是想到了一些事情。"她眼睛红红地说。

青澜姐在电话里说："正好你给我来电话，我原本就有事想找你的，看看你下午有空吗？我们坐一会儿，喝杯茶怎样？我有些事要告诉你。"

她们相约在平安大厦附近的一家咖啡馆见面。一个半小时后，周怜幽见到了青澜姐。青澜姐可能刚开完会，她身穿一件深蓝色的女式西装，身边带了一只文件包。她行色匆匆，带来了一丝不安的感觉。周怜幽与青澜姐互致问候，便都坐了下来。

周怜幽说："对了，青澜姐，你先生的公司那些待销的房屋，那些存货，最近消化得怎样了？还顺利吗？"

青澜姐好奇地问："怎么了？你难道最近又要重出江湖了吗？又想做上

几单生意？"

周怜幽连忙说："不是的，我只是问问情况，现在很多生意都不好做了，我关心一下姐夫的公司嘛。这个世界变化太快了，在风口浪尖上讨生活真是不容易。"

青澜姐笑着说："话是这样说的，可是，你别忘了，世界也是这样发展的。没有人知道我们正在面临什么危机，也没有人知道我们可以朝哪里去。我们所能够做的，就是希望自己不要跌倒，努力走好每一步。"

"是啊，我也觉得越来越难了。一个人在这个世上，要遭遇的事可真多。"她想起了此行的目的。她想跟青澜姐说一说欧冶。她开始对这个男人怀有怜悯之心了。她要原谅他的许多缺点和过错。她未必能与他再续前缘，却仍想伸出援手，期待能够帮助他走出困境。

"欧冶怎么了？"青澜姐见她这么说，便问道。

"这个男人，目前他好像有些偏激。作为男人来说，他的气量小了点儿。最让我头疼的是他情绪不稳定，遇事爱钻牛角尖。唉，还有，他还爱生气。"周怜幽这样说。

"偏激吗？还爱生气？"青澜姐问。

"我越来越不知道该怎么跟他打交道了。"周怜幽说。

"真的是这样吗？他可是什么也没跟我说！不过，现在，他就不会仅仅只有这么一点儿问题了。我特意找你，就是想告诉你，他最近出事了。"青澜姐呷了一口咖啡说。

"啊？谁出事了？"周怜幽吓了一跳。

"当然是欧冶啊！你还记得，我上周来小茶馆，曾经告诉过你关于我们报社记者陈有礼的嫖娼案件吗？现在案件有了新进展。警方根据他的口供，顺藤摸瓜，找到了与其发生过关系的小姐，那些小姐后来又供出了欧冶的嫖娼案，并且还提供了不少确凿的证据。"青澜姐说。

"这么说，这件事是坐实了？"周怜幽惊讶不已。

"什么叫坐实了？"青澜姐说。

"嫖娼的事实啊。唉，这些男人，怎么这么不懂得自重？"她怔怔地问。

"怜幽啊，我只能说抱歉……唉，我很抱歉！发生了这样难堪的事。"青澜姐说。

"怎么能怪你呢？"周怜幽说。

听了青澜姐的话后，有好一会儿，周怜幽都没有缓过神来。她也感觉到了，这事不能怪青澜姐。她一个女人，又不可能像哥们儿一样，跟他整天厮混在一起，限制他的行动。再说，现在的人，哪个不戴着各种各样的假面具呢？所以，她很体贴地安慰青澜姐说："在发生这种事之前，你也不知道他到底是一个怎样的男人啊。在现代社会，每个人都要为自己的行为负责。他也要为自己的错误买单。"

她是具有法律意识的，不仅如此，她还具有底线意识。超越这两样东西，任何的弥补她都无法原谅。当然，说到底，法律归法律，政纪归政纪，这种事情，发生在自己的身边，她还是难以承受。她有一种洪水来临无法躲避的感受，就像坐以待毙般难受。有一种被欺骗的恼怒情绪，正从心底升腾起来。

"说起来，我是真正的后知后觉啊。怜幽，真的很抱歉。通过这次调查，我才知道，欧冶在报社还有一个'青蛙王子'的外号。像这些情况，我其实应该事先就了解清楚，虽然这个外号不能说明什么问题，但是，至少也证明了我的马虎和大意。我真是太冒失了，把这种人介绍给你。"青澜姐满怀歉意地说。

"您别过意不去啊。哈哈，您刚才所说的，是真的吗？他还有一个那样的外号吗？青蛙王子？这是在说，他是个像青蛙那样喜欢跳来跳去的男人吗？"周怜幽好奇地问，她开始觉得蛮有趣了。

"现在我们报社，正在广泛开展思想政治教育整顿工作，严肃认真配合处理这些案件。真是头疼死了。这都什么时候了，这些男人……"青澜姐叹了一口气说。

在获悉青澜姐披露的这些案情后，在得知欧冶居然拥有一个"青蛙王子"的外号之后，周怜幽着实嬉笑了好一阵儿。当然，最后她思忖再三，还是放弃了原先想跟青澜姐商讨的想法，与此同时，她也改变了想找欧冶沟通的初衷。她觉得自己没有办法改变别人的思想。她挽救不了他。唉，对于一个男人来说，这可能只是一次迷失。而对于一个女人来说，却是一次梦想和希望的破灭。她很失望，也很失落。痛定思痛。她终于知道，即使欧冶不被报社开除公职，她也无法再与他相处下去了。现在，她再次深切感受到，在这个世界上，人与人之间终究还是要讲求缘分的。无论是做情人，还是做朋友，都要讲"同声相应，同气相求"。她依稀记得，从最初那一刻见到欧冶，从那时开始，她就有了一种异样的感觉。那种暧昧而不祥的感觉，像春季沉重的阴云那样笼罩了她的生活，并且一直伴随她走到今天。现在，她好像才明白过来。事实上，她早就应该洞察到与他相遇的结局会是怎样。

后记

　　最近有一位"85后"朋友常约我聚会。他业余时间经销一种好喝的茅台定制酒。某次觥筹交错之际，几杯酒下肚，他兴奋的脸上就有了回忆。然后，开心地同我讲起了他初来深圳的经历。

　　这是一个北方男人。那时大约是21世纪初期，他还很年轻，刚过了二十岁的年纪，独自一人来到深圳这个南方大城市。记得当时他刚进入一家公司时，就遇到了一位待他极好的女领导。领导家中恰好有个比他年纪略小的儿子。于是，他成了这位领导兼母亲经常拿来教育儿子的身边"楷模"。

　　那时他初入社会。年轻自不待言，聪明好学，勤奋热情。我想，他该有相当多的优点，才能够获得一位母亲的高度认同。酒后的他脸上荡漾着笑容。他惋惜地说，当时他完美错过了一次购房（空手套白狼）的机会。那几年，正值中国房地产刚刚走向市场化的启动时期。

　　以他一个初出茅庐的穷小子，哪里有钱购房呢？女领导曾说，一套像样的住房只需要38万元，机不可失呀。女领导甚至愿意借钱给他。可是，他哪里有胆量入手？当时过于年轻的他，被这天文数字的巨大威慑吓住了。

我对他说，你的故事很像我最近刚写完的一部小说。这部小说，就是这本《无法抵达》。

我给他介绍了这本书的故事梗概。我说，你与这部小说中的女主人公周怜幽最大的不同，是你没有接受贵人的慷慨帮助，从而错过了那次飞越阶层的致富可能。而我写的这位女生周怜幽，却由此改变了人生的命运。

当然，我这位朋友后来也混得很好。在互联网领域里如鱼得水，成家立业，一路顺遂。

事实上，写这本小说《无法抵达》的最初灵感与念头，来自我的一次经历。多年前，有两位女士慕名而来，约我茶叙。当时我是一家杂志社的主编。两位女士皆为衣冠整洁，态度优雅之人。其中一位是中学老师。她的朋友介绍说，你别看她只是一位普普通通的老师，她可富裕了，她在深圳拥有九套住房。后来，我还获悉到她最多的时候还不止九套房子，而是十二套。众所周知，在高房价的北上广深，这意味着什么。

这位女老师姓甚名谁，至今早已忘记。她们俩作为热情的写作爱好者进入了我的记忆深处。某一日，我忽然想到，我是否可以藉此故事，来写一部关于财富的书，一部关于人生的书，一部关于金钱与生活的书？

中国改革开放四十多年了，深圳由于巨大的发展和独特的经济成就而引人骄傲。在这漫长的时期，生活于其间的人们，是怎样成长的？又是怎样生活的？这都是让人好奇的事情。可是，从另一方面来说，鉴于千百万人日夜生活于斯，这些平常的人生，却也平淡无奇，并无什么特别的吸引力可以吸引人们的视线。这里，有一代代的深圳人可以为证，有四十余年来生活、奋斗，乃至于挣扎和奔波在深圳这座城市的人们可以为证。

当然，奋斗的人很多。成功的人也不少。这是深圳的特色。这也是一座年轻的活力四射的城市的魅力。有很多的人被成功学的故事所吸引，尤其是被那些名人的成功学所吸引，为他们树碑立传。

可是，我信奉拥挤的地方没有风景。我愿意独自来到僻静的山峦与海边，去看看那里自由生长的野花或小树。他们由于天然的环境与殊异的气候，当然，也包括自身不甘人后的弱小却顽强的生命力，或许也能够得到幸运女神的眷顾，长得像模像样，迎风招展，令人艳美。

我来深圳很多年了，我明白成功对于这座城市来说，意味着什么。而且，成功的路径很多。在深圳，通向罗马的路不止一条。

　　每年，新出的"中国富豪排行榜"，总有新的名字出现。这是一个"搞钱"的时代。许多人沾沾自喜于自己过人的能力和机遇，许多人自负于自己大脑超人的结构。拥有过人智慧或好运的人一骑绝尘。可是，早有人指出，一个时代的造富现象，固然与个人的条件与努力有关，而更深刻、更重要的原因却来自时代本身。是那个激荡的时代，造就了那些获得巨大成功的人物。要证明这一点很简单，只需从每个时期不断更换领先排名的"富豪榜"就可以知道。

　　改革开放之初，社会出现人人羡慕的"万元户"，这是对那个时代敢于下海、敢于尝试和闯荡的巨大勇气，给予的最初的社会激励与奖赏。后来，房地产的风吹过来了。富豪榜上出现大量房地产大佬的名字。再后来，是互联网的风……而现在，应该是高科技的强劲东风正在袭来。毋庸置疑，未来跃升于前方的，必然是这个时代的高科技人才的动人身影。

这一切，都是时代使然。中国有一句古话叫，时势造英雄。诚哉斯言。

这是宏大的叙事。千人仰望的地方，自然星光璀璨。万众瞩目的所在，自然众星拱月。

可是，这个社会里更多的是平民百姓。他们是这个社会巨大洪流的底层结构。这巨大的浩荡的洪流像长江之水那样日夜奔腾，生生不息。因此，我更关心的，是那跃然而起的一朵朵小小的浪花。在我眼里，浪花也是花。

浪花会坠落。当然，鲜花也会凋零。可是它们毕竟存在过，毕竟美丽过。

曾几何时，人们信奉一句格言：钱不是万能的，没有钱是万万不能的。

有时候，我暗自思忖，何不反过来想一下呢？谁都知道，一文钱难倒英雄汉。贫贱夫妻百事哀。没有钱，固然是万万不能的。可是，无数的事实也证明了，即使拥有了钱，也真的不能够万能。

我想看看，在一个金钱社会里，高大威猛、所向披靡、"无所不能"的钱，如何败给渴望，败给想象，败给现实。

这个世界，总有那么多的遗憾。这个世界，总有那么多的无奈。这个世界，总有那么多无法追索的往事。这个世界，总有那么多的时候，逼迫你走投无路。这个世界，总有那么多的愿望，让你无法抵达。

我想听听，这个世上还有叹息的声音。

所以，我就写了这本小说《无法抵达》。

吴亚丁

2023年4月3日

总策划/出版人:
郭洪义
策划编辑:
刘万专
特约编辑:
汪小玲
责任编辑:
吴萌
校对:
杨杰、何杏蔚、廖安妮
装帧设计:
周舒婷
插画:
李伟

图书在版编目(CIP)数据

无法抵达 / 吴亚丁著. —— 深圳 : 深圳报业集团出版社, 2024.1
(深圳文典)
ISBN 978-7-80774-082-7

Ⅰ.①无… Ⅱ.①吴… Ⅲ.①长篇小说—中国—当代
Ⅳ.①I247.5

中国国家版本馆CIP数据核字(2024)第003039号

无法抵达
Wufa Dida

吴亚丁 / 著

深圳报业集团出版社出版发行
(深圳市福田区商报路2号 518034)
中华商务联合印刷(广东)有限公司印制
新华书店经销

开本: 889mm×1230mm 1/32
字数: 160千字
版次: 2024年1月第1版 2024年1月第1次印刷
印张: 7.75
ISBN 978-7-80774-082-7
定价: 58.00元